超武装空母「大和」④

米本土爆撃！

野島好夫

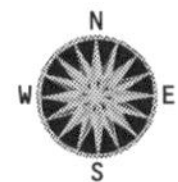

コスミック文庫

この作品は二〇〇九年十二月に小社より刊行された『超武装空母「大和」下』第二部を加筆訂正したものです。

なお本書はフィクションであり、登場する人物、団体等は、現実の個人、団体、国家等とは一切関係のないことを明記します。

目　次

サンフランシスコ
ロサンゼルス
サンディエゴ
東太平洋

プロローグ

『1』

ヴィイ――――――ン。

小気味よいエンジン音を響かせて、大型の機体にしては予想以上に軽快な旋回をやってのけたのは、例によって海軍超技術開発局（超技局）が開発中の双発重戦闘機の試作機だった。

爆撃機などの護衛を主任務とする、長い航続距離や重武装を搭載した双発重戦闘機の開発は、当然、超技局が初めてではない。

ある時期、それは世界各国軍事の流れでさえあった。

日本の陸海軍も例外ではなく、陸軍は『屠龍（とりゅう）』という双発複座重戦闘機を制式採用している。

一方の海軍は、中島飛行機に命じて『一三試双発陸上戦闘機』を開発させたが、この試作機は当初の目標に達する性能を有せず、戦闘機としての採用はされなかったが、後に『二式陸上偵察機』として採用され、現在に至っている。

しかし、もともと海軍が『一三試双発陸上戦闘機』に求めた目標値があまりにも高すぎるため、実現はほとんど不可能な数値だったのだ。

双発であれば、当然機体は大型になって飛行性能も単座戦闘機より劣るのはしかたがない。しかし、海軍は『一三試双発陸上戦闘機』に零式艦上戦闘機と同等の飛行性能を求めたというのである。どう考えても無理な相談であった。

ところが、驚くべきことに、今、天空を飛翔する名も無き試作機は、まさにそれを実現したかのような見事な動きを披露していた。

「まったく、自分がついこの間まで在籍していながら言うのもなんだが、超技局というのはまるでびっくり箱だな」

試作機が雲海に消えるのを見て呆れたように言ったのは、前超技術開発局長春茂康三海軍中将だった。

「それは当然ですよ、春茂中将。私自身、突然、こんなものを開発しているんですが金は出ませんかねと、これまで見たこともないような設計図を部下に見せられたのですからね」

春茂中将の横で言ったのは、春茂の後任としてつい先日、超技術開発局長に着任したばかりの源由起夫海軍技術少将である。

源少将は超技局の前身である超技研究所創設時のメンバーの一人で、現在でも専門の艦船開発部長を兼任している。

また、超武装空母『大和』および『大和』超武装艦隊の艦艇のほとんどの設計、建造のリーダーを務めたという、まさに『大和』超武装艦隊の生みの親と言える人物であった。

「これを……この双発機を俺になんとかせいと言うんだな、源部長、あ、いや、源局長」

源は図星を指されてちょっとはにかんだような笑みを浮かべたが、すぐに素直にうなずいた。

「春茂中将もご存じでしょうが、アメリカ陸軍の中・重爆撃機はますます防御力を強めており、ジェット艦上戦闘機『天風』はともかく、零戦などではなかなか歯が立たなくなっているということはご存じでしょうな」

「ああ、聞いているよ。しかしな、苦戦の理由は武器の力の問題だけではなく、高々度における我が軍の攻撃機の性能低下もあるという話だが、どうなんだね」

「はい、その通りです。エンジン性能がその多くの原因でしょうね。その点もこの試作機では十分に配慮しました。こいつのエンジンは、高度一万メートルでもほとんど能力が低下しません。また搭載火器ですが、今はまだ後部座席に旋回式の七・七ミリ機銃をつけてありますが、これを外して零戦搭載で実績が評価されている三〇ミリ機関砲二基、または連装のそれを斜め前方に砲口を向けて、固定で搭載する予定です」

「固定式の三〇ミリ機関砲を斜めに？」

「ええ。うちの連中もいろいろと研究したようですが、敵重爆撃機の腹の下に潜り込んで、そこから三〇ミリ機関砲弾を叩き込むのが一番効果があると結論したようです」

「なるほど……で、空母には搭載できるのかね、あの試作機は？」

「中型空母には少し苦しいかもしれませんが、『大和』なら問題はありません。しかし私はあの試作機は艦上機にはせんほうがいいと思っています」

「ほう……」

「ご覧のように大型ですし、零式艦攻のことを考えると、いかな『大和』でも他の搭載機を減らす必要が出てきます。それに、艦載機の場合は敵の重爆撃機と戦う機会は少ないですから、あえて艦載する必要はないと考えています」

「なるほど、それは言えるな。だがもし『信濃』を大和型空母に改装できたなら、状況は変わっていたろうな」

春茂が、すまなそうに言った。

大和型戦艦の三番艦『信濃』を空母に改装しようという話は、これからの海戦に航空戦力が重要であることに多くの者が気づき始めていたこともあり、さほど問題なく進んだ。

ところが、三番艦も『大和』と同じ超武装型空母に改装したいという源らの希望は、そう簡単にはいかなかった。

海軍省や艦政本部が反対したのである。

通常空母に比べると建造費が高いということもあったが、それとは別に、海軍省や艦政本部首脳にはこれ以上超技局の跋扈（ばっこ）を許せないという思いがあったからである。

海軍省や艦政本部にとって、海軍を追い出されそうになっていた者たちが集（つど）う超技局は、いわゆる「鬼っ子」的な存在で、邪魔者に過ぎなかったのだ。

従って艦政本部から派遣されてくる超技局長の顔は、超技局よりも常に艦政本部に向いており、超技局の上層部とうまくゆくはずはない。

派遣されてきた当時の春茂局長も、例外ではなかった。

『信濃』の改装問題でも、源ら超技局首脳と春茂は真っ向から対立した。

その春茂超技局長が変わったのは、春茂の海兵同期で共に国を憂(うれ)いた仲間であった『大和』超武装艦隊司令長官竜胆啓太(りんどうけいた)中将の説得のためである。

春茂は竜胆の誠意溢れる言葉に心を動かし、一転して三番艦『信濃』の超武装型空母の改装に奔走したが、時すでに遅く、現在『信濃』はこれまでの艦政本部が建造してきた空母と同じライン上の空母として建造されているのであった。

春茂は改装失敗に責任を感じると同時に、艦政本部首脳から睨まれたこともあって、局長を辞任した。

だが、春茂は置き土産として、源の局長就任を艦政本部に認めさせたのである。

源ははじめ固辞した。

「俺はそういう器ではないし、本業にも差し障りが出る」

というのが源の理由だった。

しかし春茂は首を振った。

「そりゃあ源部長。あんたが局長になったところで、艦政本部や海軍省があんたたちの言うことを素直に聞くなどということはありはしないさ。しかし、一点だけいいことがあると思う。それは超技局の独立性が高まるということだ。これまでは俺のような艦政本部からのお飾りがトップにいて、何かとあんたたちのすることに茶々(ちゃちゃ)を入れたが、それがなくなるということだよ。これはどうだ」

春茂の言葉に、源は揺れた。

確かに春茂の言うようになれば、自分はともかく、超技局にとっては悪くない。研究もしやすくなるだろう。

結局、源は渋々(しぶしぶ)ではあったが春茂の案を受け入れた。

「ただし、春茂中将。あなたも前局長としてそっぽを向いては困りますよ」

「ああ、いいとも。この後の俺にどれほどの力が残っているかわからないが、超技局に対してできるだけのことはする」

春茂は約束した。

その約束の第一弾が、この双発重戦闘機というわけである。

ググォォ――――――ン。

重い爆音を上げながら、試作機が西の空に姿を現わした。

「あれならいけるだろう」

春茂が頼もしそうに、西の空を見上げた。


『2』


「不思議な形だね」

これからアメリカ太平洋艦隊司令部に着任する予定の訪問者は、面白いものでも見るように建造中の空母を見た。

訪問者の横にいる新興の造船会社「カーライズ造船」のドナルド・ハント専務は、ウンザリとした思いを隠して思い切りの笑顔を作り、

「しかし、この形が奇跡の空母を実現したのです」

「双胴型空母ですか……」

ハントの気持ちを萎(な)えさせている張本人、次期アメリカ太平洋艦隊副司令官アルバート・カッセル少将が、興味深そうに目を細めてハントの目を見た。

ハントは、キングを通じてアメリカ太平洋艦隊司令長官チェスター・W・ニミッ

ツ大将自身の訪問を希望した。

キングに続いてニミッツをも取り込めば「カーライズ造船」の未来は盤石だと思っていたのだが、ニミッツは多忙を理由にサンディエゴにある「カーライズ造船」の造船所には現われず、代わりにやってきたのは副官、それもこれから着任しようという新米だった。そのことが、ハントを萎えさせたのである。

アメリカ太平洋艦隊司令長官に直接会えるという期待が大きかっただけに、ハント専務の落胆は激しい。

「基準排水量三万二〇〇トン、全長は二五六メートル、搭載機数一五〇から一八〇機、最大速力は四二ノットだったね」

「えっ！」

何も知らないと思っていたカッセル少将の言葉に、ハントは愕然としてあわてて姿勢を変えた。

「ご、ご存じだったのですね」

「ふふん。何も知らないでここまで来ても、しかたないじゃないか」

小さく鼻を鳴らし、カッセルが薄く笑った。

「は、はい。そ、そうですよね。も、申しわけありません」

ハントが狼狽し、詫びるように言った。

「私は造船の専門家ではないから、構造だのシステムなどについて詳しくわかるわけじゃない。しかし、海軍軍人として軍艦を見る目は持っているつもりだよ」

ハントの自分に対する落胆を見抜いていたのか、カッセルの言葉にはややトゲがあるようだった。

ハントは額にわずかに浮き出た冷や汗を指先で拭うと、うなずいた。

「だから、余計な、専門的な解説は必要ないが、この艦の特色を無駄なく説明してもらいたい」

「しょ、承知しました」

ハントはミスを挽回しようという思いで、話し始める。

自分は造船の専門家ではないとカッセルは言ったが、時折り投げかける疑問は的を射ており、ハントはカッセル少将がまるっきりのど素人ではないと悟った。

それは、考えてみれば当然の話であろう。

キング作戦部長が関わっている話に、ニミッツ司令長官が何もわからない、いい加減な人間を送ってくるはずはないのだ。

ハントの言葉は徐々に熱気を帯び、内容も専門的になりつつあった。

「ハント専務。そこいらでいいだろう。これ以上の内容は私には無駄だよ」

「あ、そうですか……」

「それに、ここまでの話でも十分だ。もし君の言う話が事実なら、確かにこの空母はこれまでの空母の常識を破るかもしれないな」

「事実ですよ、カッセル少将。私は嘘を申し上げたりしません」

ハントがカッセルを窺うように見る。自分の言葉が、相手にどれだけ評価されたかを確かめたかった。

「それはわかっているさ。キング作戦部長やニミッツ長官に喧嘩を売る造船メーカーなど、いるはずはないからね」

ハントの背中にスーッと冷たい汗が流れた。カッセル少将が意識して自分を恫喝しているとは思わないが、こちらの出方によっては、キングやニミッツは新興造船メーカーなど一気に叩き潰すだろう。

キングの知遇を得ていい気になっていたが、それはまだしっかりと根付いているわけではないことを、ハントは改めて感じた。

従兵を促して入口に歩き出そうとしたカッセルに、

「カッセル少将閣下。よろしかったらこの後、お食事でも」

ハントが言うと、カッセルは振り返りもせずに手のひらをヒラヒラとさせた。

いらないという意志表示だと思い、ハントは腹の中で舌打ちした。

有能そうではあったが、ハントとは合いそうにない。

「ああ、そうさ。結局、兵器は結果だ。結果がすべてなのだ……」

ハントはつぶやくように言って、歩き出した。


『3』


ググウォォ――――――――――ン。

激しい風に巻き込まれた波が、竜巻のように噴き上がり、散った。

ザザザッツ――――――ッ。

バチバチバチッ。

横殴りの雨が、超武装空母『大和』の広い飛行甲板の攻撃機の翼を震わせていた。

ズズズズッ！

ブバァ――――ンッ！

波に打ちつけられて、『大和』の巨体が上下する。

フィリピン・ミンダナオ島南方二〇〇カイリのセレベス海の海面は、時化（しけ）のために激しく荒れていた。

『大和』超武装艦隊がリンガ泊地を出撃してから、四日目の夕刻である。

艦橋にいても、暴雨風のためにほとんど海上を見通すことはできない。

世界最高レベルの電波警戒機・電波探信儀（レーダー）を搭載している『大和』超武装艦隊だが、艦橋には意外に緊張がある。もともとレーダーのような電波兵器は、雨に弱い。そのため油断すると互いの位置がわからなくなり、陣形を崩す恐れがあるからだ。

「ついてないな」

ウンザリしたように言ったのは、『大和』超武装艦隊参謀長仙石隆太郎（せんごくりゅうたろう）大佐である。

「午前中からですから、かれこれ五、六時間もこんな状態ですね」

航空参謀牧原俊英（まきはらとしひで）中佐の顔も冴えない。

海の男たちは、基本的には誰でも海には強いが、それでも多少の個人差はあり、牧原は荒海を好きなほうではなかった。

「調子が悪いのなら少し休んだらどうだ、航空参謀。この天気じゃ、どうせ敵だって航空機は出せんからな」

優しく声をかけたのは、『大和』超武装艦隊司令長官竜胆啓太中将である。

「いえ、大丈夫です」

牧原が言うと、

「長官のお許しが出たんだ。強がらねえほうがいいんじゃねえか。いざというときにふらふらしていたんじゃあ、使い物にならねえぞ」

ニヤニヤしながらからかうように言ったのは、通信参謀小原忠興（おはらただおき）大佐である。

「別に強がっちゃいないですし、いざというときだってしゃんとしてますよ、俺は」

牧原が憮然（ぶぜん）とした顔で答える。

「やれやれ、また始めたな、お二人さん」

『大和』艦長柊竜一（ひいらぎりゅういち）大佐が苦笑いを浮かべながら仙石を見る。仙石もうなずいて見せた。

二人のいがみ合いのような会話は、すこしオーバーに言えば漫才のようなもので、互いの腹に含むところや悪意はまったくない。

牧原と小原は、一見すると仲が悪いように見えるが、互いの専門分野の能力は認め合っている。

「長官。水測室から、敵潜水艦のものと思われるスクリュー音を探知したとの連絡です」

その報告に、『大和』の艦橋にサッと緊張が走った。

「一二時の方向、距離八〇〇〇。深度はかなり深そうです」

「こちらに気づいていますかね」

仙石が首を傾(かし)げながら言った。

「普通の天候なら微妙なところですが、この荒天であれば敵の水中探信儀では無理でしょうね」

柊艦長が余裕のある声で言った。

「かと言って油断は禁物。そうですよね、長官」

牧原が意味ありげに竜胆を見た。

「まあ、そういうことだ」

竜胆長官が涼しげに笑って、警戒態勢を強めるように命じた。

柊艦長の推測通り、敵潜水艦は『大和』超武装艦隊にまったく気づかなかったらしく、数分後にスクリュー音は完全に消えた。

不思議だったのは、潜水艦が消えたあたりから天候が回復してきたことだ。

縁起担ぎが好きな何人かの参謀が、やや冗談気味に、

「悪運と悪天候も敵の潜水艦が持っていてくれたらしい」

と言ったが、竜胆は軽く笑っただけである。

戦いには、それが例えば一個人の小さい争いであろうと、国と国とが争う戦争であろうと、運やツキといったものなどがついて回ることは事実だろう。ときにはそれが国家の運命を変える場合もあることを、竜胆はよく知っていた。

「しかし、運やツキはあてにできないし、あてにしてもならない」

それが竜胆の信念の一つだった。

ところが、その運が日本海軍に一つの影を落とすことになろうとは、神ならぬ竜胆が知るはずもなかった。

第一章　第二航空艦隊旗艦戦艦『武蔵』

『1』

ズゴゴォォ――――――ン！

闇をつんざくような魚雷攻撃の炸裂音が、世界最大と言われる戦艦の艦尾に響いた。

攻撃を受けた艦の名は、『武蔵』であった。

言うまでもなく、大和型超弩級(どきゅう)戦艦の二番艦である。

ただし、一番艦の『大和』は戦艦ではなく超武装空母へと改装されていたから、正確には武蔵型戦艦の一番艦といったほうが正しいのかもしれない。

さらに言えば、三番艦『信濃』も『大和』とは違う形式の空母に改装中だから、これまた大和型というよりも信濃型航空母艦の一番艦とするべきだろう。

要するに、大日本帝国海軍が計画した世界最大最強の戦艦群は、結局『武蔵』のみという結果に終わったのである。

その『武蔵』がアメリカ海軍潜水艦の攻撃を受けたのは、硫黄島北方二四〇カイリであった。

この年、一九四三年の初頭に竣工した戦艦『武蔵』は、第二艦隊司令長官直属の旗艦となった。

『武蔵』は世界最大の戦艦であるから、連合艦隊の旗艦にという話もあった。

しかし連合艦隊司令長官山本五十六大将は、「最強の戦艦を前線に出さずしてどうする」と『武蔵』連合艦隊旗艦案を却下したのだ。

もっとも、口ではそう言った山本だが、『武蔵』を最強の戦艦であることは認めても、最強の軍艦であるとは考えていない。

それどころか、戦艦自体が今の海戦にはほとんど無用の長物と考えている山本にすれば、『武蔵』を最前線に置くことで、まだまだ海軍に存在する大艦巨砲主義者たちに、いかに戦艦が無用であるかという状況を、まざまざと見せつけようと考えていたのである。そしてそれこそが、山本の真意であった。

ズゴゴォォ――――――――ン！

二発目の魚雷の直撃を受けたが、『武蔵』の艦橋にさほどの動揺はない。乗組員の多くが、『武蔵』を不沈艦と信じていたからである。

その代表が、就寝していた司令長官室から艦橋に入ってきた第二艦隊司令長官近藤信竹（のぶたけ）中将であった。

近藤長官は、連合艦隊ナンバー2の座にある実力者だ。

しかし戦いに対する考え方は、トップの山本とは正反対であり、近藤は筋金入りの大艦巨砲主義者である。

近藤は未曾有（みぞう）の巨砲を搭載した『武蔵』を、世界最強の戦艦（軍艦）であるとともに不沈艦であると信じて疑わず、常に第二艦隊司令部の幕僚たちに己（おのれ）の考えを吹聴していた。そしてほとんどの幕僚たちも、『武蔵』乗組員たちも、『武蔵』が不沈戦艦であることをほんのわずかでも疑っていなかったのだ。

『大和』の空母改装に対しては最後まで反対した近藤だが、『大和』の活躍を知ると、今度はその活躍を『武蔵』へと重ね合わせ、大和型戦艦である『武蔵』の優秀さを『大和』が証明していると、臆面（おくめん）もなく語った。

しかし、近藤の説がまったく通用しないことは、『大和』と『武蔵』のことをよく知る者にはすぐにわかったであろう。

確かに、スタートにおいては『大和』と『武蔵』は姉妹艦であり同型艦であった。しかし、現在の『大和』と『武蔵』は類似する点を探すほうが難しいくらいに異質の艦であって、超武装空母『大和』の優秀さは、戦艦『武蔵』とはまったく関係がなかったのである。

近藤がそう考えたのも、彼が大艦巨砲主義者だったためだ。

本来、超武装空母『大和』をはじめとする『大和』超武装艦隊については、あらゆる面で極秘扱いであったが、近藤の立場ならば知ることも不可能ではない。

しかし近藤は、『大和』が戦艦から空母へ改装されることが決まったとたん、『大和』に対する興味を失い、その後に『大和』がどんな艦であるかなど知ろうともしなかった。

だから『大和』の活躍を聞いたとき、『大和』が活躍できるのならば同型艦『武蔵』が活躍ができないはずはないと単純に考えたのである。

それどころか、近藤は戦艦こそが世界最強の軍艦であることを疑っていなかったため、『武蔵』は『大和』以上の活躍をするだろうと思っていた。

「被害はどうかな」

近藤が穏やかな声で聞いた。

「一発目も二発目も艦尾でした。まあ、問題はないでしょう」

『武蔵』艦長有馬馨大佐の言葉には、微塵の動揺もない。

「当然だな」

近藤の顔には笑みさえあった。

しかし、事態は思わぬ方向に動く。

「スクリューが一つ動かないだと？」

「おそらく、魚雷の直撃を受けたシャフトが曲がってしまったのではないかと……」

まるで自分の失策のように、機関長が体を縮めた。

致命的な被害ではないが、三軸では当然のことながら速力低下は免れないだろう。

「『武蔵』は帰したほうがいいかもしれません」

つぶやくように言ったのは、第二艦隊参謀長白石万隆大佐だった。

「帰すだと？」

近藤が憮然と答えた。

「通常なら、内地まで一日半、トラック泊地なら三日の位置です。しかし速力が低下しているため、この数字は通用しませんから……もう少しかかるでしょう。それに、手負いの艦がいると全体に影響しますから」

　白石参謀長が静かに言った。

「ば、馬鹿を言うな。手負いと言ってもそんじょそこらの軍艦とは違うんだぞ『武蔵』は！　スクリューの一つぐらい動かなくとも、並の戦艦程度の任務はやってのけるはずだ」

　近藤が呻くように言う。

　この任務で『武蔵』の華々しい活躍を見せ、「航空機、航空機」と喚く連中の鼻をあかしてやると考えているだけに、近藤は『武蔵』を部隊からどうしても離脱させたくないのだ。

「それは私も否定しませんが……」

　近藤の勢いに抗することができず、白石は沈黙した。

（……『武蔵』……か）

　大艦巨砲主義、『武蔵』不沈艦説が充満する第二艦隊司令部にあって、白石はやや別の位置にいた。航空派とまではいかないが、大艦巨砲主義がすでに時代遅れではないかという気はしているのだ。

　むろん、そんなことを第二艦隊司令部の中では口にも態度にも出せるはずはなかったが……。

〈ミッドウエー作戦〉の失敗に続き、ガダルカナル海軍航空基地が受けた被害は、さすがの山本長官にも弱音を吐かせた。

ガダルカナル海軍基地は、これからの日本海軍の作戦には欠くべかざる拠点と位置づけていただけに、山本の落胆は大きい。

しかし、山本五十六はいつまでも落ち込んでいるような男ではない。すぐに気を取り直すと、速（すみ）やかなるガダルカナル海軍基地修復作業のために、これまで以上の規模からなる設営部隊を編制させた。

万全を期したい山本は、設営部隊の護衛もまた今まで以上に強力な護衛部隊を選んだ。

それが近藤の第二艦隊と、〈ミッドウエー海戦〉後に第一航空艦隊の部隊名に戻った南雲忠一（なぐもちゅういち）中将率いる機動部隊だったのである。

近藤信竹中将がこの任務に入れ込むには、もう一つ理由があった。

近藤は軍令部畑を歩いてきた人物で、その面では優秀であることが証明されていたが、実戦者としてはそれほどのものではないと評価されていた。

「机の上でなら、なんとでも言えるさ」

などという陰口さえあった。

それだけに近藤は、今回の任務でどうしても結果が欲しかったのである。

『武蔵』を外せないと考えたのは、そういう意味もあった。

「長官！　第一航空艦隊も敵潜水艦に襲われました！」

「な、なんだと！」

近藤と第二艦隊に衝撃が走ったのは、『武蔵』の被弾から二時間後であった。

「空母『加賀』が魚雷を受けた模様です」

「『加賀』が……魚雷を？」

近藤が奥歯をガリッと噛んだ。

このときの南雲の第一航空艦隊は、第一航空戦隊と第五航空戦隊によって編制されているが、〈ミッドウエー海戦〉で旗艦空母『赤城』を失った第一航空戦隊には新たに空母『瑞鳳（ずいほう）』が編入されていた。

『瑞鳳』は潜水母艦『高崎』からの改装空母で、基準排水量一万一二〇〇トン、最高速力二八ノット、搭載機は常用二七機と補用三機の計三〇機の小型空母であった。

『赤城』に比べるべくもなく明らかな戦力低下ではあったが、この『瑞鳳』の編入はあくまで応急措置であり、巨大空母『信濃』が竣工次第、第一航空艦隊兼第一航空戦隊の旗艦として編入が予定されていた。

「無理か……」

南雲が憮然として言った。

『加賀』は左舷側に二本の魚雷を受け、左に二〇度ほど傾いている。機関に大きな被害はないが、この姿勢を戻せなければ搭載機の離着陸ができない。そして今、傾いた姿勢の回復は無理だという報告が入ってきたのだ。

「できるならトラックまで運びたい。トラックで修理が可能なら、修理が終わり次第、ソロモンに追いつけるからな」

「しかし、長官。トラックの施設で修理不能なら、結局内地に帰すことになってかえって時間を無駄することになりゃしませんか」

草鹿龍之介参謀長が言った。

「わかっている……」

南雲が腕を組む。やがて、

「内地に戻そう……」

艦橋に沈黙が落ちた。

それを破ったのは、

「たるんどるんですよ。だから敵潜水艦が近寄ってくるのを見逃がすんです。阿呆どもが」

第一航空艦隊航空参謀源田実大佐の怒号であった。我慢していたものが、一気に噴き出したような声だった。

航空屋の源田にとって、『加賀』の離脱は腕をもがれることと同じだ。空母がなければ、航空屋は戦うことができないのである。

源田の不満は、やすやすと敵潜水艦の攻撃を許した警戒部門に向けられているように見えるが、同時に指揮官たる自分をも批判しているのだと南雲は感じた。

南雲がそう思ってしまうのは、これまでの源田との経緯もある。

指揮官たる者、常に感情を抑え、コントロールすべきと肝に銘じている南雲だが、さすがに源田の悪態に沸々と怒りを感じた。

南雲がじろりと源田を見たとき、

「まあ、『赤城』と違って『加賀』は修理可能なんだから、ここは気長に待つしかないんじゃないかな、航空参謀。それに、皆も手を抜いているわけではないんだから、そう責めるなよ」

草鹿参謀がなんとかこの場を収めようと、明るい声で言った。

これまでも、南雲と源田の関係が良くないのを草鹿は必死にフォローしてきている。このときも、どちらに味方するといったつもりはなかった。

しかし頭に血が上りきっていた源田には、草鹿が南雲を庇（かば）ったように見えたらしい。

「お言葉ですが、参謀長。修理ができると言っても、二日や三日で済むという話ではないんですぞ。下手をすれば一カ月も二カ月も『加賀』は使えません。となれば、第一航空戦隊は名ばかりではありませんか。あっても無くてもいいではありませんか！　そしてその原因を作ったのは……」

「まあ待て、源田。お前の気持ちはわかる。そう言っておるんだ。その上で起きてしまったことをいまさら言うてもしかたないと、言ってるんだ」

草鹿にすれば、源田に突っかかられるのは心外なことだ。珍しく語気が荒くなる。

「しかし、参謀長！」

「もう、よせ！」

南雲が斬りつけるように、鋭く言った。

「すんだことをぐだぐだと言うな。今、俺たちにできるのはこの戦力で敵を叩くことだ。そして輸送部隊を護衛することだ。ふん。満足な戦力が常に揃っているのであれば、阿呆にでも戦はできる」

南雲はそれだけ言うと、話は終わりだとばかりに双眼鏡を目に当てて海面を睨んだ。

南雲の言葉の裏には、空母を失ったことを言いつのる源田に対する皮肉が込められている。

源田はそれに気づいていたが、それ以上、南雲に逆らうことはなかった。妙なことに、相手が怒ったことでそれまで毛ばだっていた思いが逆に鎮まったのだ。

それに、源田という男は、短気で血の気が多く傍若無人のところはあるが、愚か者というわけではなく、引き際が上手なところがあった。

草鹿はすこし複雑である。彼らしくなくちょっと拳を上げたのに、スッと肩すかしを食ったような気分だ。

だが、ともあれその場が収まったことで、草鹿は自分の中途半端な思いも収めるしかなかった。

「南雲長官は、『加賀』を部隊から離脱させて本土に戻すようです」

第二艦隊司令長官の近藤が唾を飲む。

被害の度合は違うかもしれないが、同じような状況で、南雲が即座に『加賀』の離脱を決めたからである。

これまで実務者として結果を残してきた男の判断が、近藤に迷いを生じさせた。

「参謀長。南雲さんの判断をどう見る？」

「他に選択肢はありません。手負いの空母を残しておく理由は一つもありませんからね」

白石参謀長の言葉は、まるで手負いの『武蔵』を抱えたままの自分を皮肉っているようだと、近藤には聞こえた。

さらに、やはり実務者としては使えんなと言っているような気さえした。

「……参謀長。『武蔵』を内地に戻す」

「えっ？」

「『加賀』の護衛も兼ねさせる。どうだ」

「そうですね」

手負いの艦に手負いの艦を護衛させるのは何か釈然としない思いもあったが、『武蔵』の被害は軽いのだから、まあいいかと白石は思った。

「考えてみれば、我が第二艦隊は『武蔵』が無くとも十分に戦えるからな」

はじめからわかっていることだと白石は思った。『武蔵』の転入が、第二艦隊の戦力をアップさせたことは間違いないが、少し前までその『武蔵』はおらず、それでも第二艦隊は連合艦隊の中にあっても高戦力の艦隊だったのである。

『2』

一九四〇（昭和一五）年から発注の始まったアメリカ海軍の潜水艦ガトー級は、この時期の新鋭艦であった。

水上排水量一五二五トン、水中排水量二四一五トン、全長九五・一メートル、幅八・三メートルである。最高速力は水上二〇・三ノット、水中一〇ノットだ。兵装は、五三・三センチ魚雷発射管を艦首に六門、艦尾に四門の計一〇門を搭載していた。この他に甲板に一二・七センチ単装砲一基と四〇ミリ単装機銃一基が装備されている。

ガトー級潜水艦は、最終的には二〇〇隻以上が建造されることになり、この戦争でのアメリカ海軍の代表的なクラスの潜水艦の一つだった。

『武蔵』『加賀』に大きな被害を与えたのは、このガトー級潜水艦の『ブルーフィッシュ』と『キングフィッシュ』で、『ブルーフィッシュ』は数日前に『大和』超武装艦隊に捕捉された潜水艦だが、そのことは『ブルーフィッシュ』側も『大和』超武装艦隊側も共に知らなかったし、この後も知ることもない事実である。

歴史に「たら」「れば」は意味を持たない。

それをあえて言うなら、あのとき『ブルーフィッシュ』がもっと『大和』超武装艦隊に接近し、竜胆が積極的に『ブルーフィッシュ』を追っていたら、そして撃沈していれば、超弩級戦艦『武蔵』の歴史はもっと違う方向に変わっていたかもしれない。

『ブルーフィッシュ』を指揮するのは、ベン・ハンクス大佐である。

がっちりとした体格、えらが張って角張った顔、太い腕に節（ふし）くれ立った指を持つ、典型的な武人の臭いを漂わせた潜水艦長だった。

性格も、体や容貌を裏切らず闘魂に満ちた不屈の男で、乗組員たちに大きな信頼を寄せられていたが、そういうタイプの人間がほぼ共通に持つ思慮が少し浅いという欠点もあった。こういうタイプの人間は、攻めの時はいいが守りが苦手である。

だが今は、日本海軍が新造したらしい巨大戦艦に二本の魚雷を叩き込むことに成功し、自信たっぷりの笑みがハンクス大佐の顔を埋めていた。

「やはりもう一撃でしたね、艦長」

副官を兼ねる航海長が、すまなそうに言った。

「くそっ。あと二、三本叩き込んでいれば撃沈できたかもしれません」

航海長が唇を歪めて、繰り返した。

ハンクス潜水艦長と航海長のつきあいは、もうすぐ二年になる。すでに互いの気心も知れているし、互いの長所と短所も熟知していた。

航海長は、猪突猛進の艦長であるハンクスに、絶妙なタイミングでストップをかけてきた。

はじめのころは「この意気地なしめ！」と怒鳴りつけていたハンクス潜水艦長だが、今では航海長のかけるストップにほぼ逆らうことはない。

あるとき、航海長の進言を無視した『ブルーフィッシュ』は、大きな危機を迎えたことがあった。

ハンクス潜水艦長は自分のミスに気づいたが、航海長はそんなハンクスを励まし、逆にハンクスが驚くほどの博打的な作戦を進言してきたのである。

「航海長。いくらなんでも敵の真ん中を突っ切るなんて、無茶だぜ」

ハンクスが言うと、

「最初で最後の無茶ですよ、艦長」

他に有効な策も浮かばなかったハンクスは、航海長の策を受け容れた。

それは見事に成功し、『キングフィッシュ』は九死に一生を得たのである。

このときから、ハンクスは迷いが生じたとき、必ず航海長の進言を採用した。

今回もそうだった。

敵新造戦艦への攻撃を続けるかどうか、ハンクスは迷った。

航海長がさっき言った通り、もう少し攻撃を続ければ相手を撃沈できる可能性はあったが、それは深追いのような気もしていたのである。

「撤退しましょう」

航海長の結論は単純だった。

ハンクスは、それに従ったのだが……。

「気にするな、ジム。時には失敗もしてくれないと、俺が困るわ」

珍しく自分の判断を後悔する航海長に、ハンクスは明るく言った。

たまの失敗は、人間を賢くする。ハンクスはそう思っていたのである。

「あとは上（海上）の連中に任せよう。補給の時期も近いからな」

ハンクスの言葉に、航海長が笑みを作った。

結論を言えば、このときの航海長の判断はやはり正しかったろう。

ハンクス潜水艦長や航海長は後に三本の魚雷で敵艦を撃沈できたと考えたが、それには敵の急所を完全に粉砕するという相当の幸運が必要となったはずだからである。


「来たか」

相次いで『キングフィッシュ』と『ブルーフィッシュ』からの連絡を受けたアメリカ太平洋艦隊18任務部隊指揮官レイモンド・A・スプルーアンス少将は、表情を変えずにつぶやいた。

第18任務部隊は今、母港になっている南太平洋ニュー・カレドニア島のヌーメア軍港に錨（いかり）を下ろしていた。

日本軍がガダルカナル基地の復旧作業にかかることは、わかっていた。

アメリカ陸軍航空部隊の与えた傷は相当の深手だったが、意外にも日本軍は応急処置で凌（しの）いでいる。

二撃、三撃の手を、アメリカ軍が有効に打てなかったためだ。

スプルーアンスやオーストラリア政府に拍手と握手で迎えられた連合国軍南西太平洋方面司令官ジェームズ・B・トンプソン大将だったが、意外にも敵は味方の中にいた。

前任者ダグラス・マッカーサー大将の残党とも言える勢力である。

戦時中ということもあり、陸軍上層部はトンプソン大将の着任時に、方面司令部の他の人事にはさほど手をつけなかった。新任ばかりだと仕事に慣れるまでに時間がかかり、それは作戦面でマイナスになると判断したからだ。

その結果、この方面の陸軍にはいわゆるマッカーサーの息がかかった指揮官たちが、相当数残っていた。

マッカーサーという男は負の評価のほうが多い人物だが、彼を支持、あるいは彼に心酔する人物が皆無というわけではない。マッカーサーが、自分になびく人物に対しては十分な見返りで応じているからだ。

動かない。

トンプソン大将がまず感じたのは、それだ。

トンプソンに対して、表立って抵抗したり反対したりする者はいない。

いずれもがトンプソンに忠誠を誓い、協力を約束するのだが、いざ部隊に命じてもどこか気が抜けており、十分な結果が得られないのだ。

トンプソンへの風当たりが強い理由は、もう一つあった。

海軍、とくにスプルーアンス提督との良好な関係を築き上げたトンプソンだが、それが海軍をよく思わない一部の陸軍将軍たちの不興を買ったのである。

彼らにすれば、海軍とは協力し合うものではなく、協力させるものであるという思いが強い。陸軍の傲慢さだが、それに気づいていない者はまだまだ多いのだ。

「海軍に対して弱腰な長官」

「海軍におべっかを使う腰抜け野郎」

「マッカーサーは気に入らんが、トンプソンに比べれば、まだあいつのほうが陸軍のプライドを持っていた」

彼らは陰でそう囁きあい、トンプソン大将を愚弄した。

人事一新。

トンプソン大将は、何度か司令長官の伝家の宝刀を抜こうかとも考えた。だがトンプソン大将を推薦したジョージ・C・マーシャル陸軍参謀総長から、賛同が得られるとは思えない。

しかし、トンプソンはそんな不平に凝り固まる愚か者たちを喜ばすつもりも毛頭なかった。

海軍と決裂する道を選べば、オーストラリア政府を不安に陥れ、彼らを合衆国から背かせることになりかねないからだ。

「どうしてこうも先を読めぬ者たちが多いのだろう。内紛とは言わないまでも、こうも軍内部がバラバラでは、喜ぶのは日本軍だけではないか。そのことさえ、あの連中にはわからないのだろうか。まさに、まさに今こそ、軍が一丸とならなければならんというのに」

本国から副官として付き従ってきたアーサー少将を見て、トンプソンはため息を吐いた。

「辞任されますか、長官。なにもこんな面倒な場所で悩まれなくても、長官が活躍できる場所は他にいくつもあるのですから」

アーサー少将が、表情も変えずにシラッと言ってのけた。

「ただし、長官ほどの力を持っている後任者がいるとは思えませんから、オーストラリアおよびこの周辺はジャップの手に落ちるでしょうがね」

アーサー少将は、いつだってこんな調子だ。

自分の気持ちや考えを真っ直ぐに述べるのではなく、こんな皮肉っぽい言葉で表現する。

だから誤解されやすい男なのだが、トンプソンのように幼少の頃から優秀な人物と思われて表舞台を歩いてきたような男には、いつも「イエス」としか答えることができない追従屋こそ信じられないのだ。

それよりも、自分では気づかない欠点を的確に指摘してくれるアーサーのような男のほうが、トンプソンには貴重だった。

「そうなると、再びあの男が出てくる可能性があるな」

「十分にあります。いや、本国から得た情報では、マッカーサー大将は盛んに長官のことを攻撃しているようですよ。トンプソンなどという奴には何もできやしない、と」

「ああ、そのことは私も聞いた。マッカーサーは待っているのだな、私の失態を。己の失態は無視して……」

「……再度マッカーサーがこの地を訪れようなことがあれば、負けるでしょうな」

「おそらくそうだろうな」

トンプソンが煙草に手を伸ばし、火をつけた。

「副官。南太平洋の基地航空戦力を、もう一度確認してくれ。本当に合衆国のことを思っている戦力の数だ。それを知ってから、新たな反撃作戦を策定する。今までのように戦っているというポーズを取る戦力は、かえって邪魔になる」

「その代わり、これまで以上に長官に対する反発は強まりますよ」

「結構だ。明らかになれば、そのときこそそういう連中は、私には必要がないものだからね。とっとと、ここから帰ってもらうよ。荒療治であることも、マーシャル参謀総長が不安を抱いているように危険であることも承知だが、危険なのは今のまま推移しても同じこと。それならば新しい手を使うしかないからね」

「賛成です、長官」

アーサー少将がうなずいたとき、ドアがノックされた。

情報部からの連絡をドアのそばで受け取ったアーサーは、報告書に目を通して小さく舌打ちした。

「長官。スプルーアンスからの連絡です。ジャップが動き出しました」

「なるほど……スプルーアンスは何か策を？」

「先遣を務めたいと」

「……今スプルーアンスが持っている戦力では完全に対抗できないほどの戦力を、

日本軍が投入してきたということだろうな」

「おそらく」

「先ほどのこと、急いでくれ、副官。それがわかり次第、ガダルカナルを攻撃する。スプルーアンスの行為を無駄にはできないからな」

アーサー少将が、黙ってうなずいた。

『3』

『アドミラル・グラーフ・トーゴー』

それが、ドイツ東洋艦隊に貸与された空母『隼鷹（じゅんよう）』に、ドイツ海軍がつけた新しい艦名である。

ドイツの海軍は、艦名に人名と称号、それに位をつける場合が多々ある。（全部という意味ではない。地名、都市名が艦名になることもある）

例えば戦艦『ビスマルク』は、宰相オットー・フォン・ビスマルクからで、戦艦『アドミラル・グラーフ・シュペー』は第一次世界大戦時のドイツ東洋艦隊司令官マクシミリアン・グラーフ・フォン・シュペーの名からで、アドミラルは提督とか海軍将官を意味し、グラーフとは伯爵の意である。

こう書けば、『アドミラル・グラーフ・トーゴー』の由来はわかるだろう。〈日本海海戦〉において、大日本帝国海軍を勝利に導いた東郷平八郎元帥（伯爵でもある）からの命名であった。

ドイツ東洋艦隊の旗艦になった『アドミラル・グラーフ・トーゴー』に指揮官として座乗するのは、悲願を達成したゲオルグ・コルビッツ少将である。

もっとも、『アドミラル・グラーフ・トーゴー』はまだ実戦には参加しない。いや、できなかったのだ。

艦名こそドイツ名に変わったが、乗組員の半数以上はまだ『隼鷹』時代の日本兵で、彼らはドイツ人乗組員が仕事を習得するごとに順次交代して下船することになっていたのである。

コルビッツ提督は、乗組員が全部ドイツ兵になるまでに半年間を目標にしていたが、勤勉なドイツ兵たちは優秀で、一カ月程度の短縮は可能だろうと日本軍の指揮官から言われ、コルビッツを喜ばせていた。

日本製なのは搭載機もである。ドイツ本国で行なわれているドイツ機の艦上機への改装作業が、遅れていたからだ。

「それは焦る必要はないさ。日本海軍は搭載機ごと『アドミラル・グラーフ・トーゴー』を貸与してくれたし、パイロットたちが艦上機とはどういうものであるかを完全に習得し、その経験がなければ、改装など結局意味がないんだ」

『アドミラル・グラーフ・トーゴー』の艦橋で、コルビッツ提督は新任の参謀長として赴任してきたエアハルト・シュライバー大佐に言った。

シュライバー家は軍人一家で、その多くが空軍であるが、シュライバー大佐は幼少の頃から船乗りに憧れて海軍に進んだ。

父と兄が空軍パイロットであり、シュライバーも操縦こそできないものの、航空機というものを他の海軍軍人よりはよく知っていたし、父の操縦で何度か空中散歩の経験もあった。

それが今回の機動部隊参謀長の抜擢につながったのだろうが、シュライバー自身は少し複雑だった。

航空機については確かに他の者よりは理解していたものの、海軍の航空戦ということになると、これまで勉強したこともないし興味も持ったことがなかったため、正直なところ今回の命令にはあわてていたのだ。

内定から着任までは若干の時間があったので、シュライバーは海軍の航空戦について調べ始めたが、周囲にはその類の資料など皆無であった。父や兄に相談したが、彼らにも経験はなかったし、空軍総司令官ヘルマン・ゲーリング国家元帥が海軍の航空機使用に不快を示していたので、父や兄から詳しい話を聞くこともできなかった。

それでもどうにか概ねの感じを捉えたところで、赴任の時期が来てしまったのである。

シュライバー大佐が賢明だったのは、自分の能力のすべてを、コルビッツ提督に隠さず正直に言ったことだろう。

「当然だよ、参謀長。この私自身だって、東洋艦隊に来なければ未だに機動部隊の運用などまったく知らなかったはずだ。時間がタップリとあるわけではないけれど、幸い『アドミラル・グラーフ・トーゴー』には航空戦に詳しい日本海軍の参謀が乗り込んでいるから、教えを請えばいい。今の段階での君の無知は、恥でも欠点でもないさ」

シュライバーの態度に好意を感じたらしいコルビッツの優しい言葉に、シュライバー参謀長は大きくうなずいた。

理解ある上官と教え上手の日本軍参謀によって、シュライバーはまさに真綿が水を吸い込むように、航空機を主力とした新しい海戦の実践法を学び取っている。当然、まだ実戦の経験はないが、近頃ではコルビッツの相談役としての立場をこなし始めていた。

「問題は空軍でしょう。我が海軍に航空機の供給は認めましたが、いずれも旧型攻撃機で、いわばゴミ掃除ではないかという者さえいます」

シュライバーの瞳がわずかに暗く動いたのを見逃がさなかったコルビッツは、そう言っている者はシュライバーの親族だろうと思った。

それについてコルビッツは、シュライバーにあれこれ言うつもりはない。一番悔しい思いをしているのは、シュライバー自身だろうと思いさえした。

「技術の点でも問題はあるらしいからね」

「聞いています。艦上機への改装のために日本の航空機メーカーが技術者を派遣してくれたのに、ドイツの航空機メーカーの一部では、後進国の日本から学ぶことはないと、日本人技術者の協力をシャットアウトしたというやつですね」

「大きな過ち(あやま)だよ。確かに少し前までの工業技術は、ドイツと日本で大きな差があったのだろう。総合的に見れば、まだドイツと日本では差があるのかもしれない。

しかしその日本が超武装空母『大和』を建造し、世界に先駆けてジェット艦上戦闘機『天風』を造ったことを、彼らはまぐれだとでも思っているのだろうか」

「その『天風』というジェット戦闘機は、我がドイツの技術者の協力があったからこそだという話を聞いていますが」

「ああ、それは否定しない。しかし、ドイツが考えているように、ドイツの技術者がいたからこそ『天風』が開発できたかというと、それは事実とは違うようだよ」

「それはどういう意味です？」

「うん。私が日本の本土に行ったとき、ロケット開発の協力で渡日したフリッツ・アルベルト・トーマ博士にお目に掛かったんだが、博士が言うには、博士たちが日本の研究施設に訪れたときには、すでに日本の技術者たちはジェット戦闘機をほぼ開発しており、博士たちは、彼らがまだ解決できていないいくつかの問題に対してアドバイスをしただけらしい。私も、なるほどと思ったよ。だって、もしドイツ国内の技術者が考えているように、ドイツのほうがジェット戦闘機に対して先行しているというのなら、ジェット戦闘機は日本軍より早くドイツ上空を飛んでいるはずだからね。そうだろ」

「確かにそうでしょうね」

シュライバーは、うなずいた。

本当は反論する余地がないわけではない。ドイツ軍のジェット戦闘機投入の遅れは、総統アドルフ・ヒトラーが再三に渡って開発方向を変更したためでもあるからだ。

ドイツのジェット機は戦闘機として開発が始まったが、途中でヒトラーがそれを爆撃機に変更させ、その後にまた戦闘機に変更させたため、ほぼ完成していたジェット機を再開発せねばならなかったという経緯があったのである。

だが、結局それは言い訳だろうし、トーマという博士が言ったように、日本軍はドイツの協力が無くてもジェット戦闘機を独自に開発した可能性は高かった。

「私も、こちらに来て、日本の技術力が私たちが考えていたよりもずっと高いということに気がつきましたよ、提督。その意味で、私たちは日本から学ばねばならないことがたくさんあるようです」

「その通りだと思うよ、参謀長。先ほども言った通り、ドイツの技術力が決して低いわけではないし、まだドイツのほうが先行しているものもたくさんあるだろう。しかし､自らの遅れている部分は謙虚に受け容れることのほうが大事だと思うがね」

「同感ですよ、提督。その意味において、『アドミラル・グラーフ・トーゴー』を私たちのものにすることが、今私たちがなすべき最重要目標だというわけですね」

「ああ、その通りだよ。そしていずれ竣工するはずの純国産空母『グラーフ・ツェッペリン』とともに、機動艦隊が作られるはずだ。それまでに私たちは、航空戦とはなんなのかを、この体と頭に染みつかせておかなければならないんだ」

この手の話を語るときのコルビッツの顔が、シュライバーには好ましく見えた。軍人によっては、軍人としてはロマンチックすぎると批判するかもしれない。軍人はもっとリアリストでなければならないと言う者もいるだろう。

それは事実だと、シュライバーも思う。

戦争とは、ロマンチックとは対極の場所にある代物だからだ。徹底的にリアルな存在だからだ。

シュライバーも、戦争自体をロマンチックな思いや考えで行なうつもりはない。

しかし、徹頭徹尾リアルに自分を追い込めば勝利をつかめるかと言えば、それは少し違う気がした。

いざというときに、敵が思いも寄らぬ策を生み出す原動力は想像力だろうと、シュライバーは考えていた。そしておそらく想像力というものは、自由な意志と、常識を超えたところにあるのだろう。

そしてそれは、ロマンチストが得意とするところでもあったのである。

グォ―――――ン。

エンジンの出力を絞りながら、ドイツ人パイロットの操る零戦が着艦態勢に入った。

ゴン。

鮮やかに着地し、やがて飛行甲板に止まった。

「また一人日本兵が追い出されますね」

いつ来たのか日本軍航空参謀が、小気味よさそうに笑ってコルビッツとシュライバーを見た。

「航空参謀の、お許しが、出たのですな」

コルビッツが航空参謀にたどたどしいながらも日本語で言って、それをシュライバーに通訳した。

「そうですか」

シュライバー参謀長も、嬉しそうにうなずいた。

『アドミラル・グラーフ・トーゴー』がこのままドイツ東洋艦隊にとどまるのか、それとも大西洋に転進するのか、まだ誰も知らないし決められてもいなかった。

ただ、飛鷹（ひよう）型空母二番艦の『隼鷹』が、確実に『アドミラル・グラーフ・トーゴー』に変身していくことだけは間違いなかった。

『4』

「また無駄なことをしようとしてやがる」

連合艦隊司令長官山本五十六大将は、連合艦隊旗艦戦艦『長門』の長官室で読んでいた書類を、忌々（いまいま）しげにデスクに投げ出した。

艦政本部から届けられたその書類は、航空戦艦という聞き慣れない軍艦についてのものだった。

戦艦としての能力を保持しながら、航空母艦としての能力も兼ね備えたと謳（うた）う航空戦艦とは、現在ある戦艦の後部主砲を撤去してそこに短い飛行甲板を作り、カタパルトによって攻撃機を出撃させるというものだった。

言葉だけを見ればこれはすごいと勘違いする者がいるかもしれないが、山本たちのような者からすれば噴飯（ふんぱん）ものの案だった。

まず、前部を戦艦として残すのだから搭載できる攻撃機の数は多くは望めず、空母としての能力ははなはだ疑問だった。

次に、その攻撃機の問題がある。

案によると、設置される飛行甲板は当然短い。短いために帰還した攻撃機は母艦に直接着艦できず、母艦以外の空母あるいは陸上基地に着陸させるというのだ。となれば常に帰還用の相棒が必要になるし、それがない場合は遠洋に出撃できないというわけだ。

この対応策として、艦政本部は愚を重ねる。

直接の着艦ではないが、搭載機を水上機にすれば、着水後クレーンで吊り上げられるので相棒も必要なく遠洋攻撃もできるというのだ。

しかし、水上機を使うということがそもそも愚かしいことである。

理由は簡単だ。水上機は着水するために一本から三本ほどのフロートを搭載しているために、その分、動きが鈍(にぶ)い。攻撃能力がさほどいらない偵察や索敵任務に使用されるのが主だ。

となると、水上機を搭載している航空戦艦は、戦艦としてはともかく、空母としては戦力が増したとは言えない。しかも水上機母艦は別にある。

ところが艦政本部の迷走はまだ続く。攻撃能力のある水上機を造るというのだ。

この水上機は、いざというときは着水用のフロートが外せるようになるらしい。まあそれで幾分、攻撃力は上がるだろうが、フロートを外した水上攻撃機は母艦に戻れない。

話は、元に戻る。

必死に考えているようだが、山本にすれば机上の戯れ言にしか思えなかった。

山本はすぐに航空戦艦無用を艦政本部に連絡させた。

しかし山本の進言は入れられず、後に艦政本部は愚かさの塊のような航空戦艦改装に踏み切ることになる。

やがて超弩級戦艦『武蔵』以上の悲劇に見舞われるのは、戦艦『伊勢』と『日向』である。

『5』

ソビエト連邦共和国共産党書記長ヨシフ・スターリンが、日本に対する悪意を抱いていたことは間違いない。

いや、スターリンという男は、自分以外のすべての者に対して悪意を抱いていたと言ったほうがいいだろう。

帝政ロシアの時代、コーカサス地方の田舎町ゴリにスターリンは誕生している。父親は農奴出身の靴屋だった。

若くして革命運動に参加したスターリンは、運動の中で頭角を現わしていく。王政を倒して格差のない国民の等しい暮らしを目指したはずの共産主義だったが、運動の中で思想そのものが変節していった。

そして革命を担った者たち自身が新たな階級を生み出し、別の意味での王国を作ってゆくことになるのは歴史の皮肉だったのだろうか。

新たな王座にまずついたのは、レーニンだった。

しかし、時代の先駆けの多くの者がほとんどそうであるように、レーニンもまた猜疑と奢り、そして錯誤と裏切りの中で人生を閉じた。

レーニンの死には謀殺説もあるが、確かなことはわからない。もし殺人者がいるのなら、その男は見事に完全犯罪をやってのけたのだろう。

熾烈で血なまぐさい権力闘争を経て、レーニンに続き王座についたのがスターリンであった。

王政時代の不平等はわかりやすかった。王族貴族たちは、着飾り、富を集め、贅沢な暮らしを隠さなかったからだ。

彼らは、平民や農民を疎んじ、搾取し、時には殺した。だが、国民には見えていた。誰が何をしているかが、明らかだったのだ。敵は誰であるかを、知っていたのだ。

ところが、革命者たちが作った王国は姿が見えなかった。

革命によって人は平等になり、誰からも搾取もされず自由であったはずだ。

しかし、実際は違う。

権力を握った者たちは、その座を死守するために敵を殺戮し、その協力者たちを収容所に押し込んで人々を互いに監視させ、密告を奨励した。

多くの者たちは、たじろぎ、焦り、後悔し、憤怒した。

それでも革命は、美名であり、正義であり、絶対である。

革命政府に従わぬ者は反逆者と呼ばれ、裏切者と蔑まされ、ほとんどの者が命を落とした。

農民出身で農民のことをよく理解していた豊臣秀吉が、よく理解しているからこそ「刀狩り」を行使することで農民たちから牙を奪ったように、革命者たちも、一般市民や農民や兵士や商人や職人の本性を心得ていた。

彼らをどう抑えれば牙を抜くことができるかを、知っていた。

すべての頂点は、革命政府であり、共産党である。そしてその頂点に、スターリンがいた。


革命を戦った一人であるエゴール・アナニエフは、スターリンと同郷のコーカサスの小さな町の中学校教師だった。そして、スターリンの下で働くようになってから、スターリンのイエスマンになった。

傲慢な性格の彼は、知人たちの前では、

「俺はスターリンと同郷だから、彼のお気に入りでな。いずれ彼の片腕として革命の戦士になるだろう」

が口癖であった。

だがそれは、アナニエフの勝手な思い過ごしで、錯覚である。

スターリンという男は、同郷という程度のことで人を引き上げたりはしないし、イエスマンと見抜けば信頼さえしない人間だった。

そしてスターリンは、まさにアナニエフの本質を見抜いていた。

しかし、だからといってアナニエフをまったく無視したかと言えば、それは違う。

スターリンにとってアナニエフは、ある時点までは使い勝手のある道具の一つだったのである。

ある時点とは、スターリンが革命組織内おいて重要なポストに就くまでのことだ。

アナニエフはしょせん地方に蠢く革命ゴロに過ぎないというのが、スターリンの認識だった。

スターリンが組織の中枢で働きだしたとき、当然アナニエフはスターリンによって、己も中枢に場を与えられるものだと思った。

アナニエフは待った。

スターリンの熱い誘いを。燃えたぎる言葉を。

一年、二年、三年、そして革命。

だが、スターリンからの便りはなかった。

思いは色あせ、期待はゴミのように汚れ、夢は穴だらけになってしぼんだ。

それでもなお数年、アナニエフはスターリンの活躍を目で追った。

そして諦めた。同時に、怒りと憎しみがアナニエフを満たした。

すでに革命は成り、スターリンは共産党の実力者である。一地方の一革命戦士が、スターリンに対して何ができるというのか。

それでもアナニエフは、革命政府に対抗する小さな組織に身を置く道を選んだ。自分たちこそが本当に革命の主体であると、置き去りにされた者たちが愚痴のように言い合って共産党政府に戦いを挑もうという、まるでドンキホーテのような組織だったが、居心地は悪くなかった。

ところがその組織にまで、粛清(しゅくせい)の嵐が及んだ。

アナニエフは逃げた。

逃げた。逃げた。

腹に爆弾が、ある。

すべてを終わらせようと、アナニエフは思っていた。

逃亡と偽善の日々。

生きる意味がすでにアナニエフにはなかった。

スターリンを殺そう。

スターリンを殺した男。それだけが今のエゴール・アナニエフの存在証明だった。

「爆弾を持った男を逮捕した？」

秘密警察長官ラヴレンチー・パーヴロヴィチ・ベリヤは、報告者を訝しげに見た。その程度のことはわざわざ長官である自分のところまで持ってこなくても、もっと下で処理できることだからだ。

「それが、どうも書記長閣下の名前を盛んに出す男でして、自分の名前を言えば書記長閣下も粗雑には扱わないはずだと」

「狂人ではないのか」

「そうは見えませんので、長官に一応お話をと」

「わかった。書記長閣下にそれとなくお聞きしてみよう。名は？」

「エゴール・アナニエフ。書記長閣下のコーカサス時代の右腕だと……」

ソビエト連邦の支配者は、モスクワ郊外の別邸の一室で普通の者たちには見せられない書類の山の中に安楽椅子を置き、コニャックをすすりながら揺れていた。

「日本は簒奪者だ」

炎のように熱い息を吐きながら、スターリンは言った。

〈日露戦争〉に敗れた帝政ロシアは、領国の一部を日本に割譲していた。

だが革命家スターリンにすれば、そんな権利はロシア王家にはない。王家が日本にかすめ取られた土地も、元はと言えばソ連国民のものだからである。

「日本は、我が国の革命後、即座にかすめ取った土地を我が国に返すべきだったのだ」

それが、近頃のスターリンがたどり着いた結論だ。

それを、表立ってはまだ日本にも党の者たちにも、言っていない。

話をして、下手に日本に伝われば、日本も黙っていないだろう。

少なくと忌々しいヒトラーとの間に起きている戦争に目鼻を付けない限り、日本との戦争などソ連にはできないのである。

その手だてが、欲しい。

スターリンはその答えを見つけ出すべく、この別邸にこもっていたのだ。

ベリヤが訪れてきたのは、思考に煮詰まったときだった。

スターリンの行なった地獄の粛正の実務者であるベリヤは、同時にスターリンがわずかに気を許す男である。むろんそれも程度問題で、ベリヤに完全に心を許しているわけではない。

いつものようにベリヤは、機械のように要点だけを見事なほど簡潔に語った。

ベリヤが、

「エゴール・アナニエフという名をご存じでしょうか」

と聞いたのは、帰るためにドアノブに手をかけたときだった。

「うん？　エゴ……？」

「エゴール・アナニエフです」

「知らんな。誰かね」

「いえ。ご記憶にないのなら、もしお会いになっていたとしてもさほどの人間ではないのでしょう。お聞き流しください。些事（さじ）です」

ベリヤが帰った後、

「エゴー……ル……思いだせんな。まあ、ベリヤが聞き流せと言ったのだ」

この瞬間、エゴール・アナニエフの運命が決まった。

スターリンは壁に掛けてある巨大な世界地図を見た。

真っ赤に塗られた部分がある。帝政ロシアが、日本に割譲させられた地域である。

「これは私のものだ。我が国のものだ」

スターリンの口から「国民のものだ」という言葉は漏れてこなかった。

支配者にとっては、国民もまた己のものにすぎないのだ。

「いつの日か、日本を真っ赤に塗り替えてやる」

スターリンは本気だった。
彼は真剣に、日本占領を考えていた。

第二章　第一航空戦隊旗艦『加賀』

『1』

超弩級戦艦『武蔵』と空母『加賀』を欠いた第二艦隊と第一航空艦隊に護衛されたガダルカナル海軍航空基地復旧部隊が、補給を済ませてトラック泊地を出たのは、四月上旬だった。

『武蔵』と『加賀』の帰還はもちろん痛手ではあるが、部隊に動揺はない。

ソロモン諸島、珊瑚海、南太平洋をカバーするアメリカ艦隊は前の海戦で大きな打撃を受けていることがわかっていたし、よしんば増強がされていたとしても、大きな戦力を南太平洋に送るのは現段階のアメリカ海軍では無理だろうと推測されていたからである。

連合艦隊司令部が案じていたとすれば、それは海軍よりもアメリカ陸軍の航空戦力のほうだったが、ガダルカナルへの直接攻撃を除けば、陸軍航空部隊の艦隊攻撃自体はさほど脅威にはなるまいと考えられていた。

それが油断になって『武蔵』と『加賀』への攻撃を許したのだと、源田のように主張する者もあったが、そう多くはない。

第二艦隊司令部ではなおさらだった。

だが皆無ではない。例えば参謀長白石万隆大佐がそうである。

白石は海兵四二期、海大五二期で、出身は愛媛である。

慎重な性格のため、それが逆に消極的と評価される場合があったが、白石にすれば慎重であることを批判するほうがおかしいのだと思えた。

戦争とは、常に人の生き死にが掛かっている。

戦(いくさ)である以上、死を避けることは当然できないが、無駄に死ぬことを白石は認めたくなかった。

とくに指揮官の無能な判断や無謀な命令、愚かな行動によって兵を失うことを、白石は極度に嫌ったのである。

だからこそ白石は慎重であることに務め、常に最良の行動を己(おのれ)に取れと命じていた。

それを、消極的でまるで意気地なしのように思うのは、そう思うほうが悪いと、白石は意に介さなかった。

そんな白石から見ると、第二艦隊の指揮官である近藤信竹中将は、無能だとは思わないが、少し判断が甘いように感じられた。

『武蔵』のこともそうだが、近藤の考えははじめに己の考えありきで、状況をそれに合わせるというきらいがあったのだ。

戦は常に動いており、動きによってこちらの考えを変える必要があるのだが、近藤は最初に「これはこうだ」と決めると、それに固執することが多いのである。

実戦の経験が少ない者の傾向かもしれない。

いわゆる水雷屋（水雷科出身）である白石は、航空戦には疎（うと）いが、それでも昨今の状況を見ると、時代は確実に航空戦力が主体になりつつあると思うようになっている。

大艦巨砲主義をまったく否定はできないので、近藤のすべてが間違っているとまでは言えないが、もう少し航空戦というものにも心を向けるべきではないかと、白石は思っていた。

そのことについて一度詰める必要があるかもしれないとも考えるのだが、自信たっぷりで己の道しか歩もうとしない頑固そうな近藤の顔を見ると、白石の気持ちは萎えた。

新たな旗艦になった第四戦隊麾下の重巡『高雄』の艦橋で、白石参謀長は海原を朱に染める落日を見つめた。

「日はまた昇る、か……」

わずかにつぶやいた。

第二艦隊の前方を進む第一航空艦隊でも、火種はくすぶり続けていた。

南雲忠一長官と源田実参謀長の確執である。

(末期だな)

と、草鹿龍之介参謀長も考えざるを得なかった。

(この作戦を最後に、二人を引き離すよう、山本長官に申し上げたほうがいいだろう。これ以上悪化すれば、艦隊の行動にも支障が出かねんからな)

今では艦橋にいてもほとんど口を利かない二人に視線を走らせながら、草鹿は大きく息を吐いたのだった。

日米艦隊が、激しい戦端を開く三日前のことである。

『2』

「二時の方向に敵潜水艦、距離四二〇〇」

水測班の報告に、『伊(い)九〇一号』、通称『黒鮫(ブラックシャーク)』の潜水艦長橋元金伍(はしもときんご)大佐はうなずくなり、

「通常魚雷、準備なせ」

と命じた。

敵の潜水艦によって『武蔵』と『加賀』が被害を受けたとの情報は、すでに得ている。

これがその潜水艦である可能性はまずないだろう。だが、『伊九〇一号』の乗組員たちにとってはまさにそのような気がした。

「絶対に沈めたるでえ！」

水雷長が関西弁で、まくし立てた。

豪快な性格と関西弁から、一見やることもおおざっぱに見られるが、この水雷長、

実際はなかなかに緻密なところも持っている。

「距離二〇〇〇」

報告が入る。

「よし。水雷長。距離一五〇〇で、一番、二番を発射だ。そして……」

橋元の命に、

「任しといておくなはれ！」

水雷長が声を張った。

ズシュン！

ズシュン！

圧搾空気が凶暴な魚雷を海中に放った。


「艦長！　八時の方向に魚雷のスクリュー音です！　距離五〇〇！」

ソナー士の報告で潜水艦長が、

「取り舵三〇度」

と命じる声に、アメリカ軍潜水艦がゆっくりと艦首を左に向ける。

「うわっ！」

「どうした！」

「新しい魚雷です！　くそっ。こっちの動きを読んでいやがったんだ！　来ます、艦長。来ます！」

「潜航だ。急速潜航しろ！」

ブバババババッ！

ボコボコボコボコッ！

アメリカ軍潜水艦の艦体が、一気に真っ白な泡に包まれる。バルブを開き、空気を放出しているのだ。

だが、遅かった。

ズドド――――――ン！

黒鮫こと『伊九〇一号』の放った九五式魚雷が、アメリカ軍潜水艦のほぼ左舷中央を直撃した。

グワァァ――――――ン！

ほとんど間をおかず、アメリカ軍潜水艦は直撃位置から裂けた。

ブババ――――――ン！

一瞬にして真っ二つに割れた艦体が、くの字の形になって沈んでゆく。

ゴワァン！

艦尾に新たな爆発が起きたのは、搭載していた魚雷が誘爆を起こしたからだろう。

「やったな、水雷長」

航海長が声をかけると、

「雑魚(ざこ)でんがな。黒鮫と恐れられるこの伊九〇一の獲物は、敵の空母か戦艦でっせ」

水雷長はニンマリと笑った。

別に大口を叩いたわけではない。

これまで『伊九〇一号』は、前方甲板に搭載した超魚雷『豪鬼(ごうき)』によって、アメリカ海軍の空母や戦艦を何隻も海底に引きずり込んでいるのである。

「どれ、久しぶりに浮上するか」

橋元が言った。

三日ぶりだった。

乗組員は交替で艦ハッチから出て、新鮮な空気と太陽を貪(むさぼ)る。

潜水艦は、時として一週間以上も潜水を続けなければならないときがあるので、チャンスがあればこうして浮上する。

もっとも、それは常に危険を背負った賭けではあった。

「艦長。東上空に敵の偵察機のようです」

『伊九〇一号』の電波探信儀が敵の機影を捉えたのは、浮上から三〇分後だった。

まだ全員が自然の恵みを甘受はしていなかった。

しかしそれは潜水艦乗りの宿命だ。

艦外にいた乗組員があわてて艦内に飛び込み、数分後には『伊九〇一号』は深度五〇メートルの海中にいた。

「ついてないなあ」

空気と太陽を逃がした水雷長が、ぼやいた。

当然、本心からではない。

彼は潜水艦乗りの宿命を骨の髄まで知っているベテラン中のベテランだ。

「がまあ、次は俺らからやから、みな、期待したらええわな」

水雷長の言葉に、チャンスを逃がしたと考えて残念な思いでいた乗組員も未練を断ち切った。

橋元潜水艦長が、ありがとよ、とばかりに水雷長に首を下げる。

不満や恨みは、蓄積すると思わぬときに噴出する。とくに潜水艦のように周囲から閉ざされるのが常の場合は、早めにそれらを発散させる必要があった。

その意味で水雷長の存在は、彼の本務以外でも橋元にとってありがたい存在だった。

ベテランはタイミングを心得ているからだ。

『武蔵』と『加賀』の不運は、『大和』超武装艦隊本隊にも入っていた。

話題は空母『加賀』に集中した。大艦巨砲主義者が皆無の『大和』超武装艦隊の司令部では、超弩級戦艦『武蔵』への興味は低かったからだろう。

空母『加賀』はその艦名（加賀は国名であり、国名は日本海軍の命名基準では戦艦に与えられるものである）からもわかる通り、もともとは戦艦として計画され、建造が始まった軍艦である。

しかし、軍縮条約によって『加賀』は破棄されることが決まった。

その『加賀』が命を拾ったのは、空母への改装が予定されていた巡洋戦艦『赤城』と『天城』のうち、『天城』が関東大震災で大きな被害を受けて改装ができなくなったからである。

急遽『天城』の代わりに空母への改装が決まった『加賀』だが、竣工後もあまり恵まれているとは言えなかった。

戦艦として計画された『加賀』は、巡洋戦艦だった『赤城』に比べると、空母への改装が難しかったらしく、煙突の位置などいくつかの不備が判明したのである。

結局、煙突は『赤城』と同じ方式に改良された。

その後、二隻の空母はほぼ同じペースで改装工事が施されて能力を上げていき、連合艦隊の主力空母となったのだ。

そして開戦。

『加賀』は『赤城』と共に第一航空戦隊を編成し、〈ハワイ作戦〉に参加して活躍したものの、〈ミッドウエー作戦〉では軽い被害を受けていた。

「改装によって『加賀』と『赤城』は能力的にも外見的にも似通ってきたが、両艦から受ける印象はやはり違うんだな、これが」

仙石が言い、柊艦長が続けた。

「どちらが優れているとか劣っているとかいうわけではないんだが、俺の場合は『赤城』が陽で、『加賀』は陰という印象を持っているよ。まあ『赤城』が旗艦だったということもあるのかもしれないがな」

「言われてみると、私もそれに近い印象を持っていますね」

同意を示したのは航空参謀の牧原俊英中佐だ。

「被害は軽いというが、どうなんだろうな。『赤城』なき後、第一航空艦隊の旗艦として『加賀』以上にふさわしい艦はないんだからな」

仙石が感慨深げに言った。

「しかし、参謀長。例の三番艦『信濃』が竣工し次第、第一航空艦隊の旗艦になるという話だよ」

言ったのは、通信参謀小原忠興大佐である。

「それは聞いているが、実際にでき上がってみんとわからないさ。まあ、我が『大和』と同型艦への改装だったなら文句なしに『信濃』が旗艦でいいだろうが、近頃の艦政本部の連中は超技局に対しておかしな対抗意識を燃やして、奇をてらっているような気がするんだ。確かに、超技局の開発する兵器にはずいぶんとこっちも驚かされるが、結局はほとんどの開発品が恐ろしくすごいものだとわかる。

ところが耳に入ってくる情報によると、どうも艦政本部の開発者は、その驚かすことばかりに目をやって、兵器としてはさほど役に立たないらしいもんばっかりを造ろうとしているらしい」

「参謀長の話が事実だとしたら、ちょっとまずいですね、長官」

「噂程度のことならいいのだがな」

竜胆にすればそう言うしかなかったのだが、後に航空戦艦のことを聞くに及んで、噂が事実だったと、竜胆はガックリと肩を落としたという。

「長官。潜水部隊が訓練開始を言ってきました」

「おお、許可する」

竜胆が破顔した。

二隻の『丹(に)号』小型潜水艦によって編成されている『大和』超武装艦隊潜水部隊だが、黒鮫こと『伊九〇一号』が気にはなっていた。

『丹号』潜水部隊と『伊九〇一号』とは戦い方が違うため競合することはないのだが、同じ潜水艦ということで負けられないという気持ちがあったのだろう。

なかでも潜水部隊司令の三園昭典(みそのあきのり)大佐は、

「黒鮫に負けるな」

と隊士たちに盛んにハッパをかけていた。

艦隊内での過剰な競争意識は、指揮官である竜胆にとっては芳(かんば)しいものではないが、ほどほどの競争心は兵士たちの技術向上にもつながるだろうと、仙石参謀長とも相談の結果、今のところ干渉しないようにしている。

ゴゴゴゴゴッ。

超武装空母『大和』の艦底に造られたドックに、海水が満たされてゆく。

ドックには二隻の『丹号』潜水艦が係留されており、数分後にはその姿は海水に包まれていた。

グギギギッ。

やがて『大和』の艦底の一部が左右に開き、『丹一号』、『丹二号』小型潜水艦はゆっくりと海中に沈んでいく。

シュルシュルとスクリューが回転を始めると、二隻の小型潜水艦は艦首を下げて、滑るように母艦を離れていった。

「予定通り深度六〇まで潜航し、そこから南西に三〇カイリ」

『丹一号』潜水艦長福島四郎中佐が通る声で命じるのを、三園司令が真剣な表情で見つめていた。

『3』

四月八日。

ソロモン諸島および珊瑚海海域の守護を任務とする第八艦隊は、ガダルカナル島西方八〇カイリにいた。

アメリカ陸軍航空部隊の爆撃によって滑走路を破壊されたガダルカナル海軍基地に、現在は正規の滑走路はなく、どうにか離着陸ができる程度の未舗装の滑走路らしきものがあるだけだが、それもたまに補給のための輸送機が使うだけで、ほとんど使用されていない。

焼け落ちた宿舎や施設も片づけられてはおらず、放置の状態だ。

それでも焼け残った材料で造ったらしいバラックが三棟ほどあり、それがガダルカナル海軍基地の実態である。

アメリカ軍の襲撃の際、駐屯していた航空機はいち早くラバウル方面に回避したことによって大部分は破壊を避けられたが、それらはまだラバウルにあるため、この周辺の航空戦力は第八艦隊第八航空戦隊の『龍驤（りゅうじょう）』と『飛鷹』という二隻の空母の搭載機であった。

幸いなことに、大爆撃の後はアメリカ軍の攻撃は散発な上に戦力的にも大したことはなかったが、それがいつまでも続くとは第八艦隊司令長官三川軍一（みかわぐんいち）中将には思えなかった。

ラバウルからの連絡では復旧部隊の到着は二日後であるが、なんとかそれまでは大きな動きがないようにと三川は願っていた。

ほとんどガダルカナルに張り付いた状態の第八艦隊の物資は尽きかけているのだ。物資補給は駆逐艦と艦載機によって行なっているが、もともとが戦力的にひ弱な第八艦隊である。輸送部隊にそうそう艦艇や航空機を回せないため、得られる物資も限られていたのだ。

連合艦隊の提督にあって豪壮な男の部類に入る三川をしても、この状態はさすがに辛かった。

「戦いの辛さではありませんからね」

第八艦隊参謀長大西新蔵少将が、まるで喘ぐように言ったほどだ。

「まあ、これも戦いの一種だと、自分に言い聞かせてはいるんだがな」

苦笑を浮かべながら、三川が言った。

しかし、運命というやつは、よく意地悪を仕掛けてくるものである。

ソロモン諸島南方に送ってある索敵機から「アメリカ陸軍航空部隊発見」の報が届いたのは、ちょうどそんなときであった。

南太平洋の島嶼（とうしょ）に展開するアメリカ軍基地の中にあってエスピリトゥ・サント島は、ソロモン諸島の日本軍と対峙する位置にある。

日本からは真っ先に狙われる基地であり、逆に日本を真っ先に攻撃できるのも、この島にある基地だった。

この日、エスピリトゥ・サント島のペコア飛行場を飛び立ったアメリカ陸軍航空部隊は、一二機のベルＰ39『エアラコブラ』戦闘機と、四機のロッキードＰ38『ライトニング』戦闘機に掩護（えんご）された八機のボーイングＢ17『フライング・フォートレス』に、五機ノースアメリカンＢ25『ミッチェル』の中型爆撃機である。

戦闘機部隊の指揮を執るのは、ボリス・バッセル中尉であった。

身長二メートル三センチという長身ながら童顔であったことと、名前の頭文字がＢ・Ｂであることから、親しい者たちからは「ビッグ・ボーイ」あるいは簡単に「ＢＢ（ビービー）」と呼ばれていた。

しかし、彼を知ればすぐに「ボーイ」が大いなる冗談であると気づくのだ。

酒癖が悪く、プロのボクサーと殴り合いをして相手をＫＯしたというほどの暴れ者で、決して「ボーイ」、少年なんぞであるはずはなかった。

この日もバッセルは飛行服の奥にウィスキーを隠し持ち、飛び立ってから飲み始めて、すでにビンの半分ほどを平らげていた。

どこから見ても不良兵だが、パイロットとしての技量は悪くなく、ペコア飛行場の戦闘機乗りとしては五本の指に入るほどであった。

日本軍のガダルカナル基地まであと一五分のところで、バッセルは日本軍の迎撃部隊を見つけると、「行くぞ」とばかりに愛機の翼を激しくバンクさせてスロットルを上げた。

ウィイイ――――――――ン。

ヴィイイ――――――――ン。

二機のエンジンが唸(うな)りを上げるやいなや、バッセル中尉の操るP38『ライトニング』が加速した。

第八航空戦隊麾下の空母『飛鷹』飛行隊分隊長矢木沢京太郎(やぎさわきょうたろう)中尉が率いているのは、一六機の零戦で編成された迎撃部隊である。

操縦員の半分以上が中堅を担う男たちで、血気盛んな者が揃っていた。

矢木沢は、落としにくい爆撃機の前に、掩護の戦闘機部隊を葬(ほうむ)り去る策を決めていた。

これまでの経験で、アメリカの爆撃機部隊は掩護部隊がやられると決まって浮き足立ち、足並みが揃わなくなる傾向が強かったからだ。

完全に敵機の姿が目に映ったところで、矢木沢は攻撃に入った。

ガガガガガッ！

素早くＰ39『エアラコブラ』の背後に回った矢木沢が七・七ミリ機銃を放つ。

バスバスバスッ！

七・七ミリ機銃弾が、正確にＰ39『エアラコブラ』の機体を射抜く。

ブワッと機体から黒煙が噴き出し、それがブワァンとすぐに炎に変わった。

矢木沢はすかさず反転し、次の獲物を上昇を開始したＰ38『ライトニング』に決めた。

この時期、アメリカ海軍飛行部隊はいわゆる「ヒット・エンド・ラン」戦法を取って日本軍飛行部隊を苦しめたが、アメリカ陸軍航空部隊はその戦法を取らなかった。

「海軍の真似などできるか」というパイロットが多かったからだが、日本側からすれば、それはありがたいことと言えた。

陸軍航空部隊も、この少し後になってメンツを捨ててその戦法を取るが、無駄に終わる。

「ヒット・エンド・ラン」戦法は、アメリカ軍戦闘機に比べると日本軍機(とくに零戦)が柔(やわ)なため、アメリカ軍機の急降下に追いつくことができないという条件が必要だったが、アメリカ陸軍航空部隊がこの策を取り始めたときには、日本軍機(なかでもジェット戦闘機『天風』)はその欠点を補う以上の能力を持ち始めていたからだ。

『天風』にいたっては、アメリカ軍機以上の速力で追尾することができたのである。背後につかせても逃げ切れると思ったアメリカ軍パイロットたちは、それが自殺行為であることをやがて知ることになるのであった。

スロットルを最大に上げたP38『ライトニング』は、時速六五〇キロを楽々と記録する。

零戦の最大速度は五五〇キロ程度なので、単純な追いかけっこではまったくと言っていいほど戦いにならない。

しかし逃げ足がいくら速くても、逃げてばかりいては相手を倒すことはできない。追いすがってきた零戦を十分に引き離したバッセル中尉は、愛機を旋回させた。零戦の背後を奪おうというのだ。

バッセル機の動きを見て、矢木沢がニヤリと笑みを浮かべた。バッセルの動きは十分に読めていたからだ。

「いいぞ、アメ公。来い」

矢木沢が口にする。

矢木沢の狙いは当たり、バッセル機は矢木沢機の背後に回った。

「いただいたぜ、ジャップ」

バッセルが機関砲のトリガーに指をかけた瞬間、前方の零戦が消えた。

急転回したのだと気づいたのは数秒後だった。しかしその数秒が、バッセルの生死を分けたのである。

ドドドドドドドドッ！

零戦の二〇ミリ機関砲が、重い発射音を吐いた。

二〇ミリ機関砲弾がバッセル機のキャノピーを吹き飛ばした。

瞬間、バッセルの頭は木刀で割られたスイカのように飛び散った。

操り手を失ったＰ38『ライトニング』は、一気に海面地獄へと錐(きり)もみしながら落ちていった。

零戦の迎撃をかいくぐった三機のB17『フライング・フォートレス』重爆撃機が、仮滑走路に爆弾の雨あられを降らす。

ガガガガ――――――――ン！

ズドド――――――ン！

ズン、ズン、ズン！

砂塵が吹き上がり、煙が充満する。

基地の隅にわずかに残された機銃座から、対空砲火が始まった。

タタンタタンタタンッ！

ダダダダダダッ！

敵に対してほとんど効果がないことは、撃っている本人が一番よく知っている。

相当に運が良くなければ、前回の攻撃で被害を受けて照準が甘くなっている機銃では的中はありえない。

よしんば的中したとしても、一発や二発では頑強な重爆撃機を撃墜などできるはずはなかった。しかしやられ放題で黙って帰すわけにはいかなかったのである。

「長官！　電探が南方六〇カイリに敵機とおぼしき機影を発見しました！」

「なに！」

「敵の別働隊と思われます！」

空母『飛鷹』に搭載されている電波探信儀は「二一号」と呼ばれるもので、『大和』超武装艦隊の各艦艇が装備しているものに比べると数段階劣るものだが、当然無いよりはあったほうがいいに決まっている。

日本海軍ではこの他に「二二号」電波探信儀も開発しており、「二一号」より性能は上だという者もいたが安定感がなく、時には「二一号」を上回る性能を発揮するのだが、また時として、逆にほとんど使い物にならない状態にもなるというひねくれものだった。

「数はどのくらいだ？」

「おそらく十数機だと思われますが、詳細はわかりません……」

電探室からの答えは、曖昧(あいまい)だった。

だが、これは聞いた三川が悪いのであって、「二一号」電波探信儀にそこまで望むことはどだい無理だったのである。

「戦闘機は後、何機残っているんだ、航空参謀！」

三川が不安そうに聞いた。

第八艦隊の航空戦力は、『龍驤』の常用二四機と補用八機、『飛鷹』の常用四八機と補用五機である。うち艦上戦闘機は二八機だが、修理中の機があり、現在稼働しているのは二四機であった。

矢木沢隊が一六機で出撃しているから、敵に向かわせることができるのは二小隊八機に過ぎなかった。

「青山に賭けるしかありませんね……」

大西参謀長が、追いつめられた顔で言った。

青山はこれまでの第八航空戦隊の艦戦部隊の主戦を担ってきた男だったが、持病の腰痛のために、今回の迎撃部隊の指揮を矢木沢と交替したのである。

大西の言う青山とは、『龍驤』飛行隊分隊長青山伸吾大尉のことである。

しかし、今は青山に無理をしてもらうしかなかった。

病室で命令を受けた青山は、腰に晒をグルグルと巻きつけて固定するなり、母艦の飛行甲板に走った。

痛みはもちろん残っている。精神力で痛みを吹き飛ばしたいと願う青山だが、それにも限界があった。

ウァンウァンウァンウァン。

プロペラが回転し、整備兵が離れてゆく。

ブィィ――――――ン。

飛行甲板を加速しながら、青山の愛機がフワリと空に飛び出した。

一瞬、沈んだときに腰に激痛が走った。額に脂汗が浮いている。

操縦桿を一気に引くと、愛機が小気味よさそうに上昇した。

艦隊の上空に達し、後続機を待つ。

一機、二機……六機……八機。

揃った。

彼らに編隊を作るようにと、愛機の翼を上下させる。

気心の知れた部下たちが、滑るように自分の位置を確保した。

青山の脳裏に一瞬、不安がよぎる。体がどこまでもってくれるか、それがポイントだと思った。

死そのものがそれほど恐ろしくなかったのは、出撃の度に覚悟しているからだ。

しかし、生への執着が消えたわけではない。まだ生きて、やらなければならぬことが残っている気がするのだ。

「だがまあ、それは俺が決められることではあるまいさ」

そう思うと、青山は落ち着いてきた。

「ああ、いつものように戦い、いつものように勝利を信じよう。俺の命が妻や子のためになるのなら、それも定めだろう……」

青山は小さく微笑んだ。

「長官。敵機は数十機。それも大型機はいないように思われます」

「大型機がいないだと！　よく調べろ。ついでに電探の調子も調べてみるんだ」

大西参謀長が伝声管に怒鳴った。

「やはりあてにならんようですねぇ、長官。電探なんてのは……」

「まだまだ改良の余地があるらしいしな」

「電波で敵がわかるなんて、私なんざには、まだその辺の理屈がよくわかりませんがね」

「俺だって同じだよ。まあ、理屈なんかどうでもいいさ、正しく判別してくれればな。うん、ま、待てよ。そ、そうだ。その可能性は、ある。いや、そのほうが高い」

「ど、どうされました、長官」

大西が訝しげに三川を見た。

「参謀長。私は大きな間違いを犯したかもしれん……」

「大きな間違い？　どういうことでしょう？」

「電探が間違っていないならば……その編隊に大型機がいないとしたらどうなるかね」

「えっ？」

「それは陸軍航空部隊ではない、ということだ。陸軍でないならば……」

「陸軍ではないならば、あっ！　ああーっ！　と、となれば、それはその部隊は！」

大西参謀長の表情がみるみる変わっていく。

「そうだ。海軍の攻撃部隊だ。いるんだよ、参謀長。近くに敵の艦隊が！」

「す、すると、もしやこの航空部隊の目的は、ガダルカナルではなく、わ、我が艦隊……だと……」

「そうだ。まず間違いあるまい。参謀長。遅いことはわかっているが、索敵機をあげろ。そして青山に連絡。敵は陸軍にあらず海軍なり、とだ。陸軍部隊相手と海軍部隊相手では、戦い方も違うはずだからな」

三川の声には、悲痛の色が混じっていた。そしてたぶん、三川らしくなく祈りも――。

「相手は海軍ってか……」

青山がつぶやくように言った。

確かにアメリカ陸軍航空部隊と海軍航空部隊とでは戦い方に差がある。

敵機の能力から言えば海軍のほうがやや上だし、日本軍との戦い方も慣れていたからより油断ができなかった。

とくに数に差があると、海軍攻撃部隊は連係攻撃を使ってくる。その点でも陸軍より始末が悪かった。

「だが、まあ、戦いはいつだって楽じゃねえさ」

青山がふてぶてしく笑って、やがて見えてくるはずの上空を睨んだ。

「第八艦隊の全航空戦力は七、八〇機。うち戦闘機は三〇機弱。ガダルカナルを攻撃した陸軍部隊からの情報によれば、ガダルカナルには二〇機よりはやや少ない戦闘機が迎撃に来たと言いますから、うちの攻撃部隊も少し楽ができるでしょう」

アメリカ太平洋艦隊第18任務部隊参謀長のトレバー・キーン大佐が楽しそうに、言った。

前回の戦いで、第18任務部隊は二隻の新鋭軽空母と護衛空母を一隻失っている。残っているのは、正規空母の『ホーネットII』と護衛空母『ボーグ』のみだった。

しかし、空母とは言っても、護衛空母の場合は艦隊と共に敵と戦う力はない。大西洋では駆逐艦と組んでドイツ海軍のUボート狩りなどに参加しているが、太平洋で日本軍相手に戦うにはすべての点で不足しており、ここではあくまで動く格納庫でしかないのである。

そんな状況に第18任務部隊指揮官レイモンド・A・スプルーアンス少将は、単独での攻撃は冒険が過ぎると判断し、陸軍との協同作戦を展開したのであった。

すでに潜水艦などの報告から、日本軍が大掛かりな復旧部隊を投入していることがわかっており、それが到着すればそれこそ弱小艦隊に成り下がった第18任務部隊が動く余地はなくなる、という判断もあった。

「二隻のうち、少なくとも一隻の空母は撃ち取りたいですね」

旗艦空母『ホーネット』の艦橋で、キーン参謀長が見えぬガダルカナルを射抜くように鋭い瞳を凝らした。

スプルーアンスはキーンにうなずいては見せたものの、その脳裏にはこれからの戦いに関する思考がめまぐるしく駆けめぐっていた。

八対二四の戦いは、さすがに辛かった。

零戦八機に対して、グラマンＦ６Ｆ『ヘルキャット』二四機の格闘戦(ドッグファイト)である。

零戦に対しては、一対一ではなく複数で戦うというアメリカ海軍の編み出した原則は、当然のことながら回数を重ねるごとに巧みになっており、零戦の能力と零戦乗りたちの腕だけではカバーすることが難しくなっていた。

体調の悪さもあったろうが、青山大尉はそれを身に染みて感じている。

これまでならさほど苦労せずに敵の背後にとりついて、機関砲弾あるいは機銃弾を叩き込めていた。

いや、背後を取ること自体はまだできる。

しかし、同時に別のＦ６Ｆ『ヘルキャット』が青山の背後を窺(うかが)ってきて、それから脱するためにせっかく背後にとりついた敵を何度か撃ち漏らしたのだ。

(要するに、こっちも数が必要だってことだな)

どうにか二機めのＦ６Ｆ『ヘルキャット』を撃墜した青山は、ヒューッと息を吐いた。

しかし、青山ほどの腕のない部下が数機落とされている。

（零戦の落日）

そんな言葉が青山を過ぎる。

敵の数の多さは銃砲弾にも影響があり、青山は弾をほぼ全部撃ちつくしていた。忌々しいが、犬死にはしたくない。

幸い、右前方に雲海が大きく迫っていた。

青山は操縦桿を右に倒し、愛機を滑らせる。

部下の二機が青山の狙いに気づいたのか、追うようにして愛機を滑らせた。

青山は部下の四機が撃墜されているのを確認しており、二機が追ってきている。

もう一機の様子が気になったが、すぐに雲に包まれて確かめることはできなかった。

「微妙ですね」

大西参謀長が言った。

ガダルカナルから攻撃部隊が戻るのと、敵の攻撃部隊が本隊上空に現われるタイミングのことだ。

味方の部隊が早く戻れれば銃砲弾を補給して迎撃に回せるが、遅いのであれば回避させるしかない。しかし、それも長時間では燃料が切れてしまい、不時着や着水せざるを得ないだろう。

三川は改めて自分の失策にジリジリするような胸の痛みを感じた。部下思いの男だけに、己を責める思いが強かったと言える。

「あと二日後だったら」

『飛鷹』の艦長が悔しそうに吐いた。

二日すれば復旧部隊とその護衛艦隊が到着することを艦長は言ったのだろうが、それは違うと三川は思う。

『武蔵』と『加賀』のことを考えれば、アメリカ軍は大艦隊がガダルカナルに到着することに気づいているはずだ。

だからこそ、それが着く前に第八艦隊に攻撃を加えることにしたのだろう。

ズドドド――――――ン！

『龍驤』の左舷に、グラマンＴＢＦ『アヴェンジャー』艦上雷撃機の放った魚雷が突き刺さった。

小型空母だけに、衝撃が大きい。

大きな波を作りながら、『龍驤』はグラングランと揺れた。

『龍驤』を守るべく、第六戦隊の『青葉』『衣笠』『加古』『古鷹』の四重巡がアメリカ軍機に向かって激しく対空砲を放つ。

ズドドドドドドッ！

ガガガガガッ！

バリバリバリバリッ！

ダダダッ、ダダダダッ！

低空滑空に入ろうとしたＴＢＦ『アヴェンジャー』に、機関砲弾が直撃する。

グワァァ――――――ン！

敵雷撃機は一瞬にして吹き飛んで、残骸が海面に叩きつけられた。

撃墜した『青葉』の射手が思わず「ざまぁみやがれっ！」と、歓声を上げた。

しかし、左舷の舷側を突き破られた『龍驤』の腹からは黒煙がモクモクと噴き上がり、チロチロと赤い炎も見えている。

次の刹那、グワァオッと炎が走ったかと思うと、

ズグワワァァァ――――――ン！

紅蓮の炎の柱が天空に駆け上り、『龍驤』の左舷側がめくられるようにして吹き飛んだ。

火薬庫の砲弾や爆弾が誘爆したのである。

ほぼ半分に裂けた『龍驤』が、断末魔のような爆発音を上げながら海底に飲み込まれてゆく。

ゴォーッゴォーッと渦が巻き、海面に漂う重油の炎が回転しながら『龍驤』の体にまとわりつき、やがて、消えた。

あまりにも速い最期で、乗組員の半分以上が母艦と共に海底の墓場で眠りについたのだ。


回避を命じられていた矢木沢隊が戻ってきた。すでに燃料はゼロと言っていい状態だ。

一機の零戦が、海面の滑走路を滑って一回転して腹を見せた。幸いにも操縦士は、機体を回り込んで顔を海面に出している。

運がいい者は『飛鷹』にかろうじて着艦できたが、しかし『飛鷹』の飛行甲板にはアメリカ軍攻撃部隊から受けた爆撃ために歪(ゆが)みが生じており、そこに車輪を取られた一機が支柱を折って腹からしゃがみ込む。

消火班が走ってゆく。

完敗だった。

第八艦隊は『龍驤』の他に二隻の駆逐艦を失い、『飛鷹』を掩護した第一六戦隊の旗艦軽巡『天龍』が、三発の直撃弾を喰らって中破していた。

この頃になって、やっとアメリカ艦隊の位置が判明した。

距離の問題もあったが、第八艦隊にはそれを攻撃するだけの力がすでになかったのだ。


『4』


「ガダルカナルがどうにもならないようだね」

アメリカ合衆国第三二代大統領フランクリン・デラノ・ルーズベルトが、感情を押し殺したような声で言った。

「ご心配には及びません、大統領閣下。いえ、それどころか、あの地域は今が最悪で、これ以上は悪くなりようがありません」

合衆国艦隊司令長官兼海軍作戦部長アーネスト・J・キング大将が、例によって自信たっぷりに言った。

「根拠を聞こう」

ルーズベルトが言う。

「今度の戦いで初めて、あの地域では海軍と陸軍の間に本当の協力関係が生まれたからです」

「まあ、そのあたりについてはマーシャル陸軍参謀総長からも聞いてはいるが、本当なのか。間違いないいんだろうね」

ルーズベルトがここまで疑うのは、理由がある。

人の争いとは、当然のことながら陸上から始まった。言い換えれば、戦争というものは陸戦から始まったのである。

従って軍隊とは、陸軍がその端なのだ。

むろんはじめから現在のような組織だった軍隊であるはずはなく、長い年月によって作り上げられてきたのである。

海に出られるほどに船が発達することで、船を使った戦い、海戦が始まる。

はじめは海軍というものは、ない。あくまでそれは陸軍の一任務の範疇だったのだ。

しかし、船がより発達して海特有の戦い方が誕生してくると、陸の戦士の片手間仕事では不十分になってきて、海戦の専門家が必要になってくる。

いわば、軍の中に海戦専門家集団が形成されてくるのだ。

それでも命令系統は独立したものではなく、あくまで軍の中の一部という存在である。

そして海での戦いは、どんどん複雑に、ますます専門化が進んで、軍すなわち陸戦の者では命令の出しようがなくなり、命令系統も海戦専門の者に委ねるしかなくなる。

もはや海戦と陸戦とは別のカテゴリーになったわけで、ここで軍隊は二つに分かれる。

陸軍と海軍の誕生である。

ところが、陸軍にすれば、海軍はしょせん自分たちを母体としたものという意識があるから、どうしても海軍を下に見る場合が多い。

「陸軍がなきゃあ、海軍なんかないんだよ」

「軍隊ってのは陸軍のことだ。海軍はおまけみたいなものさ」

という具合である。

当然、海軍は反発する。

「なら、海軍抜きで戦ってみやがれ」

「文句を言うのなら海を歩いて行けよ」

となる。

もちろん、ことはそれほど単純ではない。

例えば予算分配でも、陸海軍両者は対峙する。どちらもできるだけ多くの予算が欲しいから、取り合いになるのだ。

また、作戦面で相譲れないときもあるだろうし、先陣争いもあるだろう。

ことほどさように、陸軍と海軍は仲が悪い。これはほとんど例外なく、各国の陸海軍に言えることだ。

陸軍と海軍が一致団結し作戦に当たる。

それは正しい。

より勝利にも近いはずだ。

それでも二つの組織は、争い、競う。

ルーズベルトはこれらを知っている。

だから、口で協力態勢ができましたと言われても、「はい、良かったですね。お願いしますよ」とはそう簡単に言えないのである。

「大統領閣下。ご心配、不安は当然のことですが、今度ばかりは大丈夫です。マーシャル参謀総長がスチムソン長官と争ってまで推したトンプソン大将はなかなかの人物のようですし、我が第18任務部隊の指揮官であるスプルーアンスは思慮深く礼節を知る男ですから。これまでのような陸海軍の無駄で無用な争いは避けられるものと、私は信じています」

「ふむ」

ルーズベルトはコクリとうなずくと、手を組んでそこに顎を乗せた。

「わかった。君がそこまで言うのなら、もうとやかくは言うまい。となると次のことだが、例の空母の件は進んでいるのだろうな」

「計画自体は順調に進んでおります。ただ、ここに来て嫌な動きを感じているのです」

「嫌な動き?」

「まだ噂の類ですが、大統領閣下の耳にねじ曲がって伝わると、私にとってはちょっと厄介かもしれないと考えています。今お伝えしてもよろしいですか」

「時間はかまわないよ。話してみてくれ」

「私と、新しい空母建造を請け負ったカーライズ造船のことです。違法な関係にあると言い回っている御仁があるようなのです」

「それは贈収賄に関する問題かね？」

「そのように発展させたいのではないかと」

「事実は？」

「ありません。食事と酒程度ならカーライズ造船の重役と付き合ったことはありますが、それ以上のことはまったくありません」

「なるほど」

「まあ、私だけのことならなんとか蹴散らしてもみますが、それによってカーライズ造船が作ろうとしている奇跡の空母を失うことはできません。私は何よりもそれを恐れているのです」

「邪魔をしているのが誰であるのかを、わかっているようだね」

「証拠はありません。話自体がまだ噂程度のものですからね。しかし、ほうっておけば、抜き差しならぬ事態になるのは間違いないかもしれません」

「わかった、心得ておこう。その邪魔をする者の真意はわからないが、私が知っている者ならば、私も言うべきことは言うし、するべきことはするだろう。それは期待していいよ」

「ありがとうございます、大統領閣下」

キングが珍しく頭を下げた。

傲慢（ごうまん）で、酒と女が好きで、友らしい友も作らず、ゴーイング・マイウエイと評される男に頭を下げられるのは、ルーズベルトのよう男でも少し照れくさい気がした。

キングが帰った後、いつもごとく執務室の隅でまるでいないかのように気配を消していたマイク・ニューマン大統領補佐官を、ルーズベルトは呼んだ。

「マイク。君は前に、キングは意外に打たれ弱いと言ったことがあったよね」

「はい。記憶にございます」

「今日の彼は、そうかな？」

「そこまでは弱っていないようです。大統領閣下を味方につけておけば、荒波も怖くはないと考えたのでしょうね」

「かもしれない。だが、必ずしも私はキングを助けるとは限らないよ、マイク」

ルーズベルトが楽しそうに言った。

「そのご意見に、私も賛成です」

ニューマンはほとんど表情を失ったまま、目だけで答えた。

彼は自分をルーズベルトの影に設定している。影はルーズベルトいう実態がない限り、存在しないものだ。実態が動かない限り、自分も動かないのである。

大統領補佐官の誰もが、自分のようである必要があると言っているのではない。大統領を補佐するために、様々な情報を集め、それによって大統領をまさに補佐する、大統領補佐官の存在を否定しているのでもなかった。

ただ、自分のような補佐官は、自分だけにしかなれないだろうという、自分なりの自負は持っていた。

「要は、日本を叩き潰すことだよ。我が合衆国の発展にとって、日本は邪魔になる。特にアジアにおいて、奴らの権益と我々の権益は、ここ数年で激しくぶつかり合ってきた。それを失うわけにはいかないからね。

私は我が合衆国の利益になるのであれば、悪魔にでも、吸血鬼にでも、モンスターにでもなれるつもりだよ」

「はい。私も天使の大統領は聞いたことがありません。光しか知らない天使には、大統領という激務は実際に不向きでしょう」

「そういうことだよ、マイク。大統領という職務はそういうものだ」

ルーズベルトは弾むように言った。

その声を聞きながら、ニューマンはこれでいいと思った。

自分の職務は、ルーズベルトを、いつ何時でも大統領であり続けさせることなのである。

それは何も、いつも自信満々にさせておけばいいということではない。

人間である以上、自信を失うことも、やる気を失うことも、腐りたくなるときもあるはずだ。

だから、この一言を言わせなければいいのだ。

「マイク。私は大統領を辞めるよ」

この一言だけだった。

第三章　第0(ゼロ)艦隊

『1』


　ハワイのパールハーバー基地は、日本海軍の奇襲によって受けた傷をほぼ完治させていた。

　所どころにはまだ無惨な傷跡があるが、たいていが目立つ場所ではないので、あらを探そうなどという気持ちがなければ、ほとんど気づかないはずである。

「しかし、私の受けた傷はまだまだ治りそうにないな」と、アメリカ太平洋艦隊司令長官チェスター・W・ニミッツ大将は、時折り基地に残っている傷跡を見てしまったときに思う。

　ハワイに赴任して一年余が過ぎている。

思えば一日たりとして安穏な時間を過ごしたことがない。

戦時中であり、実戦部隊の最高指揮官なのだから、当然と言えば当然なのだが、それでも少しウンザリしてしまうのも事実だった。

ニミッツ大将のこれまでの道は、平坦というわけではないが、さりとてそこまでドラマチックではなかったと言えよう。

それがハワイでは、少しオーバーだと言われるかもしれないが、毎日が映画の登場人物のような気分だった。

喜びがないわけではない。数はそう多いわけではないが、勝利の美酒に酔ったこともある。

それがまた飲めるかもしれないのだ。

ニミッツはそんな期待を抱いて、パールハーバーを出撃してゆく第16任務部隊を、司令部の窓から見下ろしていた。

第16任務部隊旗艦空母『エンタープライズ』の艦橋は、栄光への出撃にしては少し複雑な雰囲気に満たされていた。

「まあ、とんだ貧乏くじですよ」

艦橋に置かれた椅子に、軍服の前をはだけたラフなスタイルで座りながら煙草を吹かしているのは、リカード・ハルフォード陸軍少将だった。

横にいる第16任務部隊指揮官ウィリアム・F・ハルゼー中将は明らかに苦り切った表情なのだが、ハルフォード少将はまるで気がつかないのか態度を変える気配はなかった。

もしこれが海軍の将校だったらハルゼー中将の鉄拳が飛んだかもしれないと、ハルゼーの後ろに控えるマイルス・ブローニング参謀長はひょっとしたらのときのために緊張していた。

闘将というイメージから、ハルゼーを規律に厳しいうるさ型と見るむきは多いが、さほどガミガミと言うほうではない。最低限の常識さえ守っていれば、ハルゼーは何も言わない。

しかし、ハルフォードの態度は、その最低限の常識をはみ出しているのだ。

「ドーリットルはあれで男を上げて、今じゃ英雄気取りですが、私に言わせればあいつはツいていたんですよ。そう、運が良かったんです。それを、もう一度やるんですからね。それももっと大規模にですよ。まったく、誰が考えたんだか知りませんが、勘弁してほしいですよ」

　ハルフォードは、言いたいことを言うだけ言うと、煙草を灰皿でもみ消し、

「提督だってやりたかあないんでしょ、ドーリットル爆撃のセカンド・バージョンなんてね」

　と言いながら、『エンタープライズ』の艦橋を出て行った。

　ハルゼー提督は、ハルフォードのほうを見もしない。

　その肩が小刻みに震えているのを見て、

「提督。お怒りはわかりますが、あまり興奮されないほうが」

　とブローニングが言い、ハルゼーが落とすだろう爆弾に備えろと、幕僚たちに目で合図を送った。

　幕僚たちが小さくうなずいたり、手を振ったり、口笛を吹く真似などをして「わかっています」という合図を返しているなか、
　ドババ――――――――ン！

　ハルゼーが両方の手でテーブルを叩いた。

　灰皿が飛び、ハルフォードの吸っていたタバコの吸い殻と灰が飛び出して散る。

「なにが貧乏くじだ！　あの阿呆、今度の作戦をなんだと思っていやがるんだ！　マイルス。帰るぞ！　あんな野郎と組んで戦うなんざ、お断わりだ！　どうせやっ

たところで成功もせんだろうしな！」

ハルゼーの爆弾がなかなか強烈で、ちょっとやそっとのことで収拾がつかないだろうことは、ハルゼーとのコンビが長いブローニング参謀長にはわかっていた。

「わかりました。戻りましょう」

ブローニングは、そう言った。

参謀長までそんな風に言うとは思っていなかった他の幕僚たちがあわてた。

「さ、参謀長。命令違反ですよ、それでは」

「そうですよ。この作戦はニミッツ長官も期待しておられます。戻るなんて、そんな」

「私たちもあの陸軍少将は気に入りませんが、しかし……」

幕僚たちが口々に言った。

その一人ひとりを、ブローニングは睨むように見ると、

「君たちこそ命令違反ではないのかね。提督が帰るとおっしゃってるんだ。それに従うのが私たちの義務ではないのかね」

「そ、それは……」

「私も、提督と同意見だ。礼儀もわきまえず、任務に対して不服を言い、人の功績

に難癖をつける。ああいう男に、今度の難しい任務が果たせるとは思えない。違うかね」

ブローニングの冷たい視線が、幕僚たちの顔の上を流れてゆく。

ブローニング参謀長という男は、決して冷徹な人間ではない。いわゆる人情家というタイプとも違うが、頭ごなしに命令を下して服従を迫るような男ではない。

それだけに、いつもと違うブローニングの言動に幕僚たちは混乱し、困惑した。

「お言葉ですが、参謀長。確かにあの陸軍将軍がどうにもならない人物であることは、私も同感です。しかし、こういう状況はこれまでにもあったことです。そんなときに参謀長は、そこをどうにかしてゆくのが軍人だよ、とおっしゃられたような気がします。ですから」

「ふん、ご立派な意見だね。しかし、ラッド参謀。これに失敗して傷つくのは提督だよ。これまでの輝かしい経歴に傷がつくのだ。私はそういう状況に提督を追い込むわけにはいかないし、私自身のキャリアを考えても、みすみす失敗するとわかっている作戦に乗りたくはない。そう言っているのさ。それとも、ラッド参謀……」

「もういいよ、マイルス。悪かったのは私だ」

ハルゼーが割って入った。

「いえ、そんなことはありません」

「私は君を悪者にしてまで自分の我を通そうとは思わないよ。そうさ、ラッドが言った通り、私たちはもっと困難な作戦だってこなしてきたさ。君や皆の力を借りてな。大丈夫だ。私たちは今回も切り抜ける。むろん、ハルフォード少将には言うべきことは言うつもりだし、直させるところは直させる。

ありがとう、みんな。そして参謀長。だがな、マイルス。似合わないぞ、わがままなマイルス・ブローニング大佐というポーズはな」

ハルゼーが含み笑った。

「もちろん、ブロードウエイのステージに立ちたいと思ったことはありませんからね」

ブローニングが苦笑した。

事態の思わぬ転回に成り行きが理解できず、若い参謀は、それこそ狐につままれたように目を白黒させた。

「参謀長の作戦勝ちさ。今みたいな姿を見せれば、賢明な提督は、その姿が自分の姿と気づいて、必ず反省してくださると参謀長は読んだのさ」

「な、なるほど。人間というのは、頭に血が上っていると自分を見失う。それを提督に披露したわけですね、参謀長は」

「うちの提督の場合、変な理屈で、ここは間違っています、ここはこうすべきでしょう、なんぞと言ったら、逆に頭にドンドン血が上ってゆく。そのことを提督との長い付き合いの経験でよく知っている参謀長だからこそ、できる芸当さ」

ハルゼーの心に冷静さを取り戻させることに成功して、わずかにホッとしたブローニングだが、今回の作戦が相当に困難なものであることを予感し、艦橋の窓から『エンタープライズ』の飛行甲板を見た。

そこには前回の〈ドーリットル空襲〉に使用された陸軍の中型爆撃機ノースアメリカンＢ25『ミッチェル』が羽根を休めている。

前回の作戦に参加したＢ25『ミッチェル』は一六機だったが、今回はそのほぼ倍の三〇機が日本本土に爆撃を敢行することになっていた。

そのためにこの空襲部隊には、第16任務部隊の旗艦空母『エンタープライズ』『バンカー・ヒル』、軽空母の『カウペンス』『モントレー』の他に、『バンカー・ヒル』と同級艦のエセックス級新鋭空母『フランクリン』が増強されていた。

再度の日本本土攻撃によって、南太平洋にまで膨張してきた日本軍に足止めをさせようというのが、この作戦の一番の狙いだった。

「まだ納得できないようだね、作戦参謀」

『大和』超武装艦隊参謀長仙石隆太郎大佐が声をかけたのは、同艦隊の作戦参謀黒峰只人中佐である。

鋭い頭脳の持ち主である黒峰作戦参謀だが、日常生活に関しては相当にずぼらで、服装や食事に対してほとんど気を回すことがない。

「作戦参謀。そろそろ軍服を洗濯されたほうがよろしいかと」

などと従兵に注意されるまで着た切り雀だし、資料を検討していて一日食事を摂らなかったなどということもざらにあった。

それでも部下たちに慕われるのは、偉ぶったところがなく、服装などを部下に注意されても、

「ありがとう。また注意してくれな。しかし、なんだなあ、俺は海軍にいないと普通の生活はできんようだなあ」

などと笑ってすます。

「お嫁さんをもらわれればいいんですよ」

と、まだ独身の黒峰に勧めると、

「女の顔が覚えられんのだ。一度、付き合っている女と彼女の姉さんを間違えてな、それで嫌われたんだ。それが妻などという存在だと、こりゃどうも面倒くさそうじゃないか。だから、いらんよ。ああ、なんならお前、俺の嫁さんになるか。身の回りの世話は、お前のほうが下手な女より上手そうだしな」

などと恐ろしいことを言われ、その部下は二度と結婚を勧めなかった。

だからといって、怪（あや）しい性格ではない。いたって正常な日本男子であった。

作戦会議の席で、アメリカ軍がもう一度〈ドーリットル空襲〉を仕掛けてくる可能性があると言い出したのは、この黒峰だ。それも近いうちにと、黒峰は続けた。

「あるな」と即座に同意したのは、『大和』超武装艦隊司令長官竜胆啓太中将である。

竜胆に促（うなが）されて、黒峰が可能性の根拠を説明した。

黒峰が話し終えたとき、『大和』超武装艦隊の次の作戦はほぼ決まっていた。

なんとしてでも、アメリカ軍の日本本土空襲部隊を殲滅（せんめつ）することだった。

問題は、アメリカ軍の襲来コースである。

いかに優れた電波警戒機・電波探信儀、水中聴音機・水中探信儀を搭載していても、馬鹿広い太平洋を無闇に走り回ったとて、敵の空襲部隊を発見できるわけはなかった。

敵の襲来コースを読み切り、割り出さなければ、さすがの『大和』超武装艦隊もお手上げである。

二つの推定されるコースが最後に残った。

ほぼ前回と同じコースと、もう少し北寄りのコースである。

それぞれに、なるほどと思わせる根拠があり、それはどうかなという欠点があった。

黒峰は迷っているようだったが、最終的には北寄りのコースを推した。

しかし、結論は前回と同じコースと出た。

黒峰は首を捻(ひね)ったが、最終的には了解したのである。

「いえ、自分の考えにもそう強い自信はないんですよ。ただ、ことがことですから、まあ、老婆心のようなものかもしれません」

「しかたないさ。しょせん推定は推定だよ。前回のことがあって、山本閣下も太平洋の警戒を強めるようにずいぶんとおっしゃったから、少しは動いたようだが、十分と言うにはやはり満たないようだ。これが万全なら、敵が網に掛かってくれるんだろうけどな」

「まあ、広いですからね、太平洋は。なまじの網では覆い切れませんよ」

「それでも捕まえなきゃならないからな」

「そうですね……」

　黒峰がうなずいた。


『２』


　四月一九日。

『大和』超武装艦隊が扇型に散開させた索敵海域の北端を探索していた一機が、ついにアメリカ機動部隊を発見して報告してきた。

「本隊の東北東三六〇カイリ。正規空母三、軽空母二、戦艦二、巡洋艦六から七、駆逐艦一二から一四の模様。なお、正規空母飛行甲板には大型攻撃機もしくは爆撃機多数有り」

「前回を大きく上回る陣容のようだな、参謀長」

「あのときは精神的打撃が大きく、空襲自体の被害はさほどのものではありませんでしたが、今回はそっちでも戦果を上げようという腹づもりのようですね、長官」

「一回の攻撃で十分とは言わないまでも、攻撃を許せばその経験がものを言うだろう」

竜胆の眉間に刻まれたしわが、深くなる。

「動いてくれているんでしょうね、警戒部隊は」

仙石が不安そうに言った。

もちろん無線封鎖中のために、『大和』超武装艦隊から直接事態を連絡することはできない。

しかし索敵機の無線を傍受していれば、警戒部隊にも状況は推測できるはずだった。

ただし、警戒部隊とは言っても、戦力として期待できるわけではない。ほとんどの艦艇が、漁船や輸送船に火器を搭載した程度のものだからである。

だが、彼らの動きによっては陽動策にもなるし、敵を混乱させることもできるはずだった。

「飛行機から発せられたらしい怪しい無線をキャッチしました」

連絡を受けた第16任務部隊指揮官ハルゼー中将は、舌打ちした。

傍若無人というべきハルフォード陸軍少将の言動に悩まされながらも、第16任務部隊は目標のポイントまであと二五〇カイリの海域に到達している。速度を上げれば、時間にしてあと一〇時間程度である。

「見つかったかな、参謀長」

ハルゼーが忌々しげに言った。

「そう考えて行動したほうがいいでしょう。いざとなったら、目標ポイントの手前でも爆撃機を出撃させたほうがいいかもしれません」

「問題はハルフォード少将だな。臆病風に吹かれて、飛ぶのは嫌だなんぞと、あいつなら言い出しかねんからな」

ハルゼーがおぞましいものの話をするように、唇を歪めた。

職業軍人を父に持つリカード・ハルフォード少将は、三つ上の兄と共に幼い頃から陸軍軍人になるために生きてきたような男であった。

ウエスト・ポイント（陸軍士官学校の愛称）での成績もよく、それは兄を凌ぎ、両親の期待も兄よりも弟のリカード・ハルフォードにあったと言う。

ハルフォードが奈落の底に突き落とされたのは、二年前のことである。兄が陸軍と兵器メーカーの疑獄事件に連座し、陸軍を追われたことから始まった。

優秀な弟に劣等感を持っていたらしい兄が、悪の誘いに乗ってしまったのである。

ハルフォードが兄の事件とは無関係であることは軍の調べでも明らかだったが、閉じられた世界の中ではそれは通用しなかった。いくら、無関係だ、兄は兄、自分は自分だと言っても、周囲の目は冷たかったのである。

思い切って陸軍を辞められれば楽だったろうが、厳格な父は、ここで弟まで軍隊を辞めればハルフォード家は再起できないと考え、リカードの除隊を許さなかった。

「手柄を上げて、兄の作った傷を名誉で回復しろ」

優秀な弟リカードへの、それが父の命令であり、母の懇願だった。

しかし、ハルフォードがしゃかりきになればなるほど、周囲は彼を冷たく見る。

世間に慣れて神経がもっと図太ければ、別のやり方があったかもしれないが、軍人になることだけを目指して生きてきたハルフォードには、そういう知恵も経験もなかった。

自暴自棄と言えば少しオーバーかもしれないが、今のハルフォード少将は人生を斜めに見ている。

出世は無理だろうし、父が元気なうちは除隊もできない。

そもそも今回の作戦への志願も、ハルフォードの考えではなく、この作戦が行なわれることを陸軍に残る古い友人から聞いた父が命じたものである。

それは、今では英雄視されているドーリットル大佐の座にハルフォードをつけんがための、父の画策だったのである。

当然、ハルフォードに逃げられるはずはない。逃亡はハルフォード家からの追放だからだ。

しかしハルフォードは知っている。この作戦に成功したとしても、もはや自分が英雄になどなれないことを。

やっても地獄、逃げても地獄。

それが今のリカード・ハルフォードの立っている場所だった。

「ハルフォード少将。ひょっとすると作戦が早まるかもしれないので、アルコールを抜いてください。今のあなたでは爆撃機に乗せるわけにはいきませんので」

わざわざハルフォードの部屋に来て、ブローニング参謀長が言った。他の者では従うはずはないと思ったからだ。

「早まる？　意味がわからないな」

酒臭い息を吐きながら、ハルフォードが目をこすった。

「日本軍に見つかった可能性があるのです」

「そのときは何キロ飛べというのだ」

「たぶん一五〇〇キロから一八〇〇キロを覚悟していただくことになるでしょう」

「おいおい。確かにこの作戦用に燃料タンクを増設したB25は、計算上では二〇〇〇キロ以上の航続距離を持っている。しかしそれは、天候や燃料に問題がない場合だぜ。そういった問題があれば、一八〇〇キロはギリギリだ。下手をすれば、目的の中国やソ連に着陸する前に落ちてしまうぞ」

「その可能性を私は否定しません。いや、かなり高い確率でしょう。しかし、だからこそこの作戦は志願だったのではありませんか。命を失う可能性が非常に高い。だからこそ陸軍は、命令ではなく志願にしたのではありませんか。そしてあなたは、志願した。違いますか」

「違わねえよ。確かに俺は志願兵さ。だがよ、命は惜しいんだぜ、志願兵だって」

「ならば、おやめなさい。そのために補欠要員がいるのですからね。ただし、率先して動かなければならない部隊指揮官が逃げるなんて、聞いたこともありませんがね」

「やかましい！　ふん、俺の部隊の部下どもは、誰一人俺を指揮官だなんて思っちゃいねえよ」

「当然でしょうね。私でさえ、あなたを指揮官などと思ってはいませんから」

「言ったな、この野郎！　海軍野郎に勝手なことをほざかせるか！」

ベッドを降りたハルフォードがブローニングに殴りかかるが、アルコールの残った体では、歴戦の勇士ブローニングに太刀打ちできるはずはなかった。

ブローニングが軽くスエーしてバックすると、ハルフォードの拳は壁を叩いていた。

「うがっ！」

痛めた拳を抱え、ハルフォードが呻いた。

「連絡はしました。後はあなたが判断してください」

一応、礼儀の敬礼をしてから、ブローニングはハルフォードの部屋を出て行った。

「駄目ですね」

艦橋に戻ってきたブローニングの第一声が、それだった。

「ほうっておけばいいさ。幸い副官のシャノン大佐は骨のある男だ。後は彼に任せよう」

「わかりました。それで出撃は？」

「あと三〇分待ってみる。その間に敵艦隊が見つかればそれによって判断するし、見つからなければ、陸軍の連中には過酷だが少し多めに飛んでもらおう。ギリギリ燃料切れに陥らない距離をな」

ハルゼーが言って、息を吐く。

事態は、それこそギリギリの判断を迫るものになってきていた。

竜胆が用意した第一次攻撃部隊は、大部隊だった。

理由がある。

アメリカ艦隊を攻撃する前に、爆撃機が日本本土へ飛び立った場合、その爆撃部隊を追走するための部隊が内包されていたからだ。もちろん追走部隊の主力は、八機のジェット艦上戦闘機『天風』が作る部隊である。

第一次攻撃部隊は、『天風』八機、零戦二八機の艦戦部隊、九九式艦爆三六機の艦爆部隊、九七式艦攻三〇機、零式艦攻八機の艦攻部隊の、合計一一〇機であった。

このときの『大和』超武装艦隊の全航空戦力は一九九機。そのうち稼働できるものは一七四機だったから、およそ六割の戦力を一気に吐き出したのである。

広い飛行甲板を持つ『大和』でさえも、飛行甲板が狭く感じられるほどに攻撃機が並んでいたから、それより小さい中型空母の『麟鶴』『飛鶴』の飛行甲板はまさに戦場だった。

工具の音が響き渡り、整備兵が怒号を上げ、兵装の準備をする兵たちが絶叫していた。

午前八時一五分。

先頭を切って『大和』から駆け上がったのは、市江田（いちえだ）一樹（かずき）中尉が操縦する『天風』である。

続いて『天風』第一小隊の三機、そして新垣守（あらがきまもる）中尉指揮する『天風』第二小隊の四機が飛び上がった。

通常、先に発艦した戦闘機は、後から飛び上がる艦爆隊と艦攻隊を護衛するために上空で待つのだが、『天風』隊は例外だった。

この部隊は徹頭徹尾攻撃部隊で、なんらかの理由がない限り、護衛の任からは放たれていた。

「『丹一号』総員乗艦終わ～り」

「『丹二号』総員乗艦終わ～り」

「よし」

大きくうなずいた『大和』超武装艦隊潜水部隊司令の三園昭典大佐は、まなじりを上げて『丹一号』小型潜水艦に向かった。

この日、三園は竜胆長官から直接激励を受けている。

「敵戦力は、こちらが予想していた以上だったようだ。となると、航空戦力による攻撃が不足することも考えられる。そのときは頼むぞ」

竜胆は、そう言った。

初めてではないが、やはり気分が違う。

感激屋の三園は、胸が熱くなって何度もうなずいた。その熱さが部下たちに伝染し、両艦の艦内は熱かった。

「『黒鮫』に負けるんじゃねえぞ!」

任務遂行のしかたや内容が違うから、理屈では競うことがおかしいことを誰でも知っているが、同じ潜水艦乗りとしては理屈抜きで負けたくない。それが、三園の言葉だった。

二艦の任務は、航空部隊が撃ち漏らした敵艦を処理することである。

任務の形から、『黒鮫』こと『伊九〇一号』潜水艦のように真っ向から主要艦を葬り去る機会は少ない。

しかし、チャンスさえあれば空母でも戦艦でも食ってやるぞという意気込みを、乗組員全員が持っているのだ。

母艦『大和』の腹から海中に躍り出た二隻の小型潜水艦『丹号』は、一路舳先を敵艦隊に向けた。


ウォンウォンウォーン。

メイン・モーターの重い響きが、『黒鮫』こと『伊九〇一号』潜水艦の艦内に流れてゆく。

内地に戻るたびに改装が加えられている『伊九〇一号』潜水艦の今の水中最高速力は一八ノットである。二〇ノットを超える高速潜水艦の実験も始まっているようだが、通常の実用潜水艦の水中速力は一〇ノットあれば速いほうと言えるから、『伊九〇一号』は高速潜水艦と言ってもいいだろう。

水中での速さは命の保証なのだ。

潜水艦の天敵の一つである駆逐艦は、どんなに遅い艦でも三〇ノットは出る。水上で目をつけられたら、潜水艦は潜って逃げるしかない。潜水艦の水上兵装などほとんど役に立たないからだ。

そのときに、水中での速さがものを言う。追いつかれれば、とにかくエンジンを止めてひたすら貝のように殻を閉じ、行き去るの待つしかないのだ。

だが、一八ノットあれば、追いつかれる前に駆逐艦から離れることができる可能性も大きい。

ときにはこちらを見失った駆逐艦に、背後から反撃することさえ可能だった。

「そろそろ敵の気配が伝わってくるだろう。水測は耳に神経のすべてを集中だ」

『伊九〇一号』潜水艦長橋元金伍大佐が、ゆっくりとだが力強く命じた。

艦内に、サーッと緊張が流れていく。戦いの準備はすべて整ったのであった。


グワルルルルッ。

グワワァァ――――ン。

『エンタープライズ』の飛行甲板に、B25『ミッチェル』双発爆撃機のエンジンが唸(うな)っている。

結局、第16任務部隊は日本艦隊を発見できないまま、空襲部隊の出撃を決したのであった。

エンジン音を聞きつけたハルフォード少将が飛行甲板に来たが、飛行甲板から連絡を受けたハルゼーは居室に戻るように命じた。まだ酒の臭いがするからである。

「私は陸軍軍人だ。海軍なんぞに命令される筋合いはない！」

ハルフォードは飛行甲板の海軍兵を突き飛ばし、一号機に向かった。

しかしその前に、ハルゼーに空襲部隊指揮官を命じられた副官のシャノン大佐が、立ちはだかった。

「貴様は上官の命令を聞けんのか！」

ハルフォードが怒鳴った。

シャノン大佐は、悲しそうに首を振った。

「ハルフォード少将。戦争は酔っぱらいにできるものではありませんよ。今のあなたは軍人じゃない。世を呪って周囲に悪態(あくたい)をつくだけの、ただの酔っぱらいです」

強い口調でシャノン大佐は言った。

「ハルゼー提督に伝言を。ハルフォード少将を、爆撃部隊の出撃が完了するまで拘束してくださるようにと」

シャノン大佐の伝言を受けたハルゼーは、海軍兵にハルフォード少将の拘束を命

じ、

「抵抗するようなら、それなりの処置を許可する」

とまで言った。

ハルフォードは最初は暴れたものの、相手は三人である。それも屈強の海軍兵だ。

結局抵抗は無駄と諦めたのか、すぐに力を抜いた。

「忘れるな、シャノン。貴様を軍法会議にかけてやる！　覚えてろ」

両腕を海軍兵に抱えられたハルフォードは、悪態をつきながら艦内に連れて行かれた。

シャノン大佐がゆっくりと艦橋を見上げ、ハルゼーとブローニングに敬礼をした。

二人とも姿勢を正して、敬礼を返す。

「彼は、シャノン大佐は泣いているのかもしれませんね……」

「……すぐ忘れてもらわないとな。ジャップと戦うのに涙はいらない」

そして、ハルゼーとブローニングは声を合わせた。「キル・ザ・ジャップ」と。

「新垣。電探のブラウン管、見てるか」

「中型機ですね」

「ああ、間違いない。間に合わなかったようだ」

「しかし、日本までは行かさない。そういうことですね、市江田中隊長」

「ああ、一機たりともな」

「問題は弾薬ですね」

「やはり気になるか」

「ええ。索敵機からの連絡では、一〇機や二〇機ではきかないという話です。戦闘機が相手なら四、五〇機でもなんとかできるでしょうが、中型爆撃機が相手となると、ちょっとばかり苦労させられそうですよ。なにせ頑丈ですから」

「それでも一機たりとも入れたくねえよ」

「わかってます。私だって同じです。本土を戦場にしたくないですからね」

「いくぜ」

「はい」

「スロットル開けて、追いつくぞ」

　言った瞬間、グワァォーンッと市江田機の排出口が爆音を上げ、『天風』の機体が一気に加速した。

　グワァン！

ズバァン！

ブワァーン！

八機の『天風』が、文字通り矢のごとく天空を切り裂いた。

「敵機です！」

Ｂ25『ミッチェル』の後部銃座からの報告に、機長は嫌な顔をした。

本来Ｂ25『ミッチェル』中型爆撃機は一二・七ミリ機銃を一二挺搭載しているが、航続距離を伸ばすために燃料タンクを増設し、その分、兵装を犠牲にしていたのである。

撤去されなかった後部銃座で、射手が舌打ちしながら一二・七ミリ機銃のトリガーに手をかけた。

だがすぐに敵機の異様さに気づいた。近づいてくるのが非常に速いのだ。

本土から来たために、まだ彼はジェット戦闘機の存在を知らなかったのである。

視認できるようになっても違和感はあるのだが、その異形（いぎょう）の意味に射手はすぐには気がつかなかった。

それに気がついたのは、機銃の照準を合わせようとしたときである。

「ば、馬鹿な。プ、プロペラがない！」

それでもトリガーを引いたのは、射手としての本能だったのだろう。

しかし、いたはずの空域に敵機はいなかった。

「なに！」

この射手が、敵機が素早く滑るように右に動いただけだと知ったのは、すぐに敵機が現われたからだ。

が、射手の疑問はそこまでだった。

ドガガガガッ！

『天風』の二〇ミリ機関砲が、後部銃座を粉微塵に砕いていたからである。

市江田は次に機体右側面の銃座に向かった。

が、不思議なことに、側面からの応戦がない。

「もしかしたら……」

閃いた市江田は、それでも警戒しながら側面に接近した。

機銃のようなものはある。

しかしそれが機銃に模した偽の武器であることを、市江田は喝破した。

理由はすぐにわかった。

（航続距離を伸ばすために、武器を撤去しているってわけか）

それがわかれば、このＢ25の欠点も読めた。

おそらく主翼や胴体に増設した燃料タンクがあるのだろう。

それに集中攻撃をかければ、撃墜もそう難しくはなさそうだと見抜いた市江田は、Ｂ25の主翼に集中攻撃をかけた。

一発、二発の単発ではそう容易（たやす）くは射抜かれない構造の燃料タンクだが、さすがに集中攻撃には抗することができず、射抜かれたタンクから燃料が噴き出した。

そこに再び、銃撃。

燃料は一気に炎の塊（かたまり）になった。

あっという間に右主翼は炎に包まれる。次の瞬間、右主翼が根本からぶっつりとちぎれたＢ25は、バランスを崩しながら落下していった。

市江田は敵の弱点を味方に伝えてから、次の獲物を求めてスロットルを開けた。

『エンタープライズ』とほぼ同時にＢ25出撃を開始した『フランクリン』だが、故障機が飛行甲板に立ち往生したがために出撃作業が遅れた。

故障機の撤去を終えてはみたが、故障機から漏れた燃料が飛行甲板に広がっているため、わずかの火花によっても発火する危険性があり、燃料を排除しなければ発艦は無理だった。

『フランクリン』からの連絡に、ハルゼーは地団駄を踏んだ。

敵部隊がいつここに到着するかはまだ判明していないが、今このときに敵が到着して『フランクリン』の上空から爆弾を蒔かれたら、まだ八機残っているＢ25は全滅だろう。

だが、次に届いた連絡は、『フランクリン』のことを吹き飛ばすくらいに、ハルゼーを、そして第16任務部隊司令部を、驚愕と怒りの渦に叩き落としたのである。

それは、先に『エンタープライズ』を出撃したシャノン隊が、日本軍戦闘機の攻撃を受けているというものであった。

それだけでも十分にハルゼーの血圧を上げ、頭をフラフラさせたというのに、続報はハルゼーを完膚無きまでに打ちのめし、ほぼ立ち上がれないほどの衝撃を与えたのである。

続報は伝えた。

「すでに五機の僚機が撃墜され、六機が攻撃を受けているという。しかも、驚くべきことに敵の戦闘機にはプロペラがない。おそらくジェット戦闘機というものだと思われる」

「マイルス。奴らだ」

「はい。空襲部隊が襲われたと聞いたとき、真っ先にあの艦隊が頭に浮かびました。ナンバーのない、まさに第0(ゼロ)艦隊とでも言える最強の艦隊。ときには囮(おとり)艦隊を操って、我がアメリカ太平洋艦隊を、太平洋で、珊瑚海で、そして南太平洋で翻弄し続ける憎悪の艦隊が、今また私たちの前にやってきたというわけです」

「提督。発見しました！　日本艦隊です！　距離二六〇マイル西方。巨大空母一、中型空母二、重巡とおぼしき奇妙な軍艦二、軽巡および駆逐艦一二から一三の模様です」

「提督。攻撃部隊を！」

「当然だ。ここまでコケにされては、死んでも帰るわけにはいかん！」

まさに悪鬼の形相(ぎょうそう)のハルゼーは、憤怒(ふんぬ)で奥歯をガリガリと噛んだ。

アメリカ軍空襲部隊にまだ不幸があるとしたら、この部隊には最初から護衛部隊が存在しなかったということである。

掩護(えんご)部隊をつけようか、という意見がなかったわけではない。

しかし、掩護部隊をつけたとしても最後まで行けるわけではなく、引き返さざるを得ないのだ。

しかもＢ25を搬送してきた空母は、Ｂ25を発艦させた後は速やかに撤退させる必要があり、掩護部隊の帰還を待つ時間の余裕はなかったのである。

一二機めのＢ25が、炎上しながら太平洋に墜落していった。

空襲部隊が何機であったのか、さすがにそこまでは天風部隊にもわからなかったから、何機かは逃がしたかもしれないと、市江田は臍をかむ思いだった。

「しかたないですよ。いくら『天風』でも、八機でいっぺんに十数機の敵を叩くことは至難の業ですからね。逃がしたとしても五機はないでしょう。それに、本土に、アメリカ機が向かうかもしれないという連絡が入っているはずです。まさか前回のようなことはないと思いますけど」

新垣が慰めるように言った。

前回の〈ドーリットル空襲〉の際、本土基地の電探がＢ25を捉えていたのだが、まさかアメリカ機が来るとは思わない基地司令が連絡をしたのは、空襲を受けた後だったのである。

日本軍による〈パールハーバー攻撃〉の際に、アメリカ軍でも日本機の姿をレーダーが映し出していたにもかかわらず無視されるという、似たようなケースがあった。

「中隊長。電探を」

無線を送ってきたのは、新垣小隊の二番機の江戸原(えどはら)一飛曹だった。

「三、四機だな……」

言って、市江田が首を傾(かし)げた。

索敵機からの報告で、Ｂ25の部隊は二隻の空母に分乗されていたことがわかっている。数はほぼ同数だったという。

爆撃機を搬送してきた空母はＢ25を発艦させたらすぐに撤退したいだろうから、ほぼ同時に爆撃機を発艦させるだろうと市江田たちは読んでいた。

ずれたとしても四、五分だろうと考えており、その読みが正しければ、今、現われた爆撃部隊は先ほどとは別の空母の部隊だろうと思われた。

ただし、その数の少なさがおかしいと市江田は思ったのだ。

「コースを変えられたかな」

「可能性はありますね。さっきの部隊が当然、私たちのことは連絡しているでしょうからね」

「とすれば、北だな。南にはうちの本隊がいる。もしそちらなら本隊がなんとかするだろう。新垣。こっちは任せる。俺は北へ飛ぶ」

「はい。任せてください」

しかし結局、市江田の移動は徒労に終わる。

当然だろう。まさか空母『フランクリン』の飛行甲板で故障機が出て、残りの八機が立ち往生しているなどと、市江田にわかるはずはない。


故障機処理の対応が進まないのを見て、ハルゼーはひとまず『フランクリン』を東方に退避させた。

現況で残っていられても、戦力になるどころか、敵第０艦隊の餌食になることは明らかだったからである。

同時にハルゼーは、二隻の軽空母と旗艦『エンタープライズ』の航空戦力で攻撃部隊を編成させた。

とにかく時間がなかった。敵が自艦隊を発見してからだいぶ経っており、いつ敵の攻撃部隊が押し寄せてくるかわからないのだ。

それはまさに神業的タイミングだった。

日本軍の攻撃部隊がレーダーで捉えられたのは、第16任務部隊攻撃部隊の出撃完了の一〇分前だった。

第16任務部隊攻撃部隊が西の空に消え、迎撃部隊が母艦の飛行甲板を蹴ったそのとき、『大和』超武装艦隊攻撃部隊が、第16任務部隊の上空を埋めたのである。

『大和』超武装艦隊の攻撃は、例によって艦攻隊の魚雷攻撃で始まった。

編隊を組んだ四機の九七式艦攻が、敵の旗艦空母『エンタープライズ』を半円で囲むようにして順に魚雷を放ってゆく。

白い雷跡が中心の敵艦に向かって進み、敵艦が針路を変えてもすべてを避けきるのは難しいという攻撃法である。

ただし、雷撃前に撃墜されたりすれば半円のつながりが切れて空きが生じ、攻撃された側はその方向に活路を見いだせるのだ。

このときもそうだった。

『エンタープライズ』を守るべくすさまじい対空砲火を行なっていた戦艦『メリーランド』の高射砲が、半円の右端にいた九七式艦攻を撃墜したのである。

それを見て、艦攻隊を指揮する中型空母『麟鶴』飛行隊分隊長大沼(おおぬま)中尉が顔を歪めた。攻撃に失敗したからではない。撃墜された九七式艦攻の操縦員のことを思ったからだ。

戦争において死は、日常である。

いちいち反応していたら身がもたぬ、という者がいるのも事実だ。

大沼はその人間を責めようとは思わないが、自分は違う、と思っている。

平時なら「命は地球より重し」などと言うくせに、戦時では命は一山いくらになってしまう。

それが、嫌だった。それが、悲しかった。

もちろんその命を自分自身が奪うのだという自覚もある。大いなる矛盾だとも。

それでも、死を悼むことをやめなかったし、やめることができなかった。

ズドドド――――――――――ン！

グワワァン！

敵の攻撃を回避するためにジグザグ航走を続けてきたインデペンデンス級軽空母『カウペンス』の左舷中央に、艦攻の放った魚雷が突き刺さって火柱と水柱を同時に上げた。

艦長の操船が巧みだったために出会い頭にも見えたが、操舵士のミスがあったのも事実だ。舵を握る手が汗で滑って、転舵するのが遅れたのである。

戦争ではわずかなミスが命取りになることが、日常茶飯事だった。

『カウペンス』の受けた魚雷の被害はさほどではなく、操舵士は胸を撫で下ろした。

しかし、すぐにそんな思いは吹き飛んだ。

日本軍艦爆部隊の急降下爆撃が始まったのである。

ガガガァン！

ガガァ――ン！

ガガガァンッ！

『カウペンス』は、相次いで二五〇キロ爆弾を飛行甲板に二発、艦橋近くの機銃座に一発喰らった。

飛行甲板を直撃した二発目の爆弾が、係留してあった偵察機を直撃し、偵察機は一瞬にして火だるまになった。

消火班の兵士が、海水を噴き出すホースを抱えて偵察機に走り寄る。

偵察機の火を消すのが目的ではない。その火が他に類焼することを防ぐためだ。

ゴゴゴ――――――――ッ！

数人の兵士の持つホースから、海水がものすごい勢いで噴き出していく。

だが、航空燃料による火災は、放水ではそう簡単には消えない。

そのときだった。

日本艦爆部隊にすれば偵察機の炎上がいい目標だったのか、炎上する偵察機めがけて爆弾が飛んできたのだ。

グワァ――ン！

燃えた機体が更なる爆弾のために四散する。

炎の直撃を受けた兵士が炎に包まれる。

のたうち、喘ぐ兵士。

その横で、主を失った消火用ホースがまるで蛇のように激しく身をくねらせる。

爆弾によって四散した炎があちらこちらで黒煙を上げ、チロチロと燃えている。

吹き飛んだ炎が、わずかに開いていた隙間からエレベータの中に飛び込んだことに気づいた者はいない。

いるはずもないだろう。誰もが必死で、消火作業に命を張っていたからだ。

「格納庫が炎上している模様！」

「なんだと！」

突然のことに、『カウペンス』の艦長が訝しげに唸った。

とはいえ、ことの次第を詮索している場合でもない。

「消火班を格納庫に！」

そこにはまだ攻撃機が残っているし、火の進行方向によっては火薬庫にも危険が迫る。

「五班と七班は格納庫に移動しろ！」

「防護マスク着用！」

しかし、運の悪さとは人智を超えるものだ。

グワァァ――――――ン！

消火班の到着を待たず、飛行甲板の前方エレベータからすさまじい火柱が上がった。エレベータ板がすごい勢いで突き上げられ、舞った。

「くそっ！　今の調子じゃ火薬庫がやばいぞ。消火を中止して後方に退去だ！　爆弾の誘爆可能性が高い！」

消火班の班長が絶叫する。

消火班の兵士が、火玉の雨、火花の吹雪の中をバラバラと必死の形相で走った。

ズゴゴゴ――――――――――ンッ！

『カウペンス』の誰もが、ついに火薬庫で誘爆が始まったことを知った。

「ジ・エンドのようだな」

『カウペンス』艦長が、力のない声で言った。

「旗艦に退艦の許可を求めてくれ」

艦長が、それでもキッパリと言った。あとは一人でも多くの乗組員を助けること。

それが艦長の最後の仕事だった。


「……『カウペンス』が駄目か……」

ハルゼー提督が、悔しそうに言った。

肩を落とすハルゼーを見て、ブローニング参謀長はわずかな後悔を感じていた。

（私は提督の名誉と使命達成のために、提督の尻を叩いてこの作戦を遂行してきたが、それは間違いだったのかもしれない……ハルフォード少将と提督が諍いを起こしたとき、それをそのままにしてパールハーバー基地に戻る手もあったはずなのだから……）

「どうした、マイルス。お前らしくないな。こういうときこそ元気なのが、お前ではないか」

ハルゼーの言葉に、ブローニングがすまなそうに首を傾げた。

「一度、戻るべきだったかもしれません。こういうことを言うべきではありませんし、許されないと思いますが、提督ですのであえて言います。ハルフォード少将は疫病神(やくびょうがみ)だったのかもしれません」

ハルゼーは少し驚いた顔をした。

ブローニングという男は、どんなミスが起きても、それを他人に転嫁するようなことはこれまで一度だってしたことがないからだ。

ハルゼーは、少し考えてから口を開いた。

「もう少し詳しく説明してみないか。今のお前の気持ちを」

ブローニングが話すと、

「マイルス。それはたぶん違うよ。ハルフォード少将がろくでなしであることは私も認める。あいつと同じ仕事をしようとしたのが失敗だったこともな」

「その通りだと思います。あの人は……」

「フフッ、まあ、最後まで言わせろ」

「あっ、申しわけありません」

「例えば、いったんパールハーバーに戻って、別の人間、もしくはシャノン大佐が作戦のリーダーになったとしても、敵０艦隊と遭わないという保証はないだろ。

わかるな、マイルス。ハルフォードなんぞは、いようといまいと関係ないんだってことが」

ブローニングは言葉に詰まった。

まさにハルゼーの言う通りだったからだ。

今、自分たちの置かれている状況とハルフォードの存在とは、まったく関係がないのである。

無意識ではあったが、ハルフォードにそれを転嫁した自分を、ブローニングは恥ずかしいと思った。

「申しわけありません、提督。私は勘違いをしていたようです」

ブローニングは素直に詫びた。

「気にするな。それが人間だよ。私なんざ、そういうミスをいくつ重ねてきたと思っているんだ。なのに相変わらず進歩せん。だがなマイルス。私は諦めたわけじゃないぞ」

ブローニングがうなずいた。

わかってみれば、気がついてみれば、他愛のないことだった。

恥ずかしい気持ちはあったが、同時に清々しい気分でもあった。

まだ負けたわけじゃない。いや、勝つ。必ずジャップに勝ってみせる。

ブローニングは、新たな闘志が湧き上がってくるような気がした。


「距離四五〇〇……」

「『豪鬼』一号、二号、発射準備」

『伊九〇一号』潜水艦長橋元金伍大佐の抑揚を押し殺したような声が、発令所に流れる。

「『豪鬼』一号、二号、発射準備よろし」

水雷長のこれまた押し殺した声が、復誦する。

「発射っ！」

「発射――――っ！」

コン！

コンッ！

『伊九〇一号』潜水艦の前部甲板に並んでいる超魚雷『豪鬼』の係留装置の外れる音が、『伊九〇一号』の艦内にわずかに届いた。

一基で戦艦さえも殲滅する威力を持つ『豪鬼』が、母艦をゆっくりと離れていった。

そして徐々にスピードが上がり、白い泡の筋が伸びてゆく。

強力な推進力を秘めた推進エンジンによって、『豪鬼』は最高速力六七・三ノットに達するのである。

日本海軍が世界に誇り追従を許さない、世界最高水準の九五式酸素魚雷が四五ノットだから、その速さ、そのすごさがわかるだろう。

速さがあり、動きも軽快な駆逐艦や軽巡ならともかく、速くても三〇ノット少しの速力しか出せない戦艦などは、確かに『豪鬼』のありがたい獲物であった。

第16任務部隊に配属されている戦艦『テネシー』は、テネシー級戦艦のネームシップで〈第一次世界大戦〉直後に竣工している。

基準排水量三万二六〇〇トン、全長一九〇・三五メートル、最大速力の二一ノットはやや遅めの艦である。

日本軍の〈パールハーバー攻撃〉の際に損害を受けてから、近代化改装を受けていた。

とくに兵装は、徹底的に対空攻撃強化が施されている。三五・六センチ三連装砲四基一二門、一二・七センチ単装砲一六門、七・七センチ単装高角砲四門、四〇ミリ四連装対空機銃一〇基四〇挺、二〇ミリ連装対空機銃一〇基二〇挺と強力であった。

ただし、装甲については改装前とさほど変わっていない。おそらく速力との関係だろう。これ以上重くなれば、機関をどうにかしない限り、速力はもっと遅くなるはずだからだ。

「艦長。三時の方向、距離一二〇〇に魚雷のスクリュー音、確認しました!」

ソナー室からの報告に『テネシー』艦長は、

「発見が遅いな」

と文句を言った。

戦闘中だから海中は音のるつぼだ。

味方艦艇の様々な種類のスクリュー音はするし、海面に炸裂する爆弾の音もする。時には撃墜された敵攻撃機の落下音もある。

そんな中から魚雷のスクリュー音を捕まえて方向と距離を判断することが生やさしいことではないのは、艦長にもわかっていた。

しかし、戦場での中途半端な温情は、命に関わるのだ。

今日許せば、また同じ失敗を繰り返しかねないからだ。

艦長の指示で、『テネシー』は体を左に向けた。

そのとき、

「艦長。魚雷はもう一基あります！　距離五〇〇っ！」

「な、なんだと！」

「正面です！　真正面からきます！」

「くそっ。ギリギリだがすれ違えるだろう」

確かに、通常の日本海軍の魚雷であれば艦長の判断は間違っていなかったが、超魚雷『豪鬼』の場合は速度が違ったのである。

ズゴゴゴゴ――――――ンッ！

超魚雷の威力はあまりにもすさまじく、『テネシー』の艦首は十数メートルも吹き飛んでいた。

いわば、口をパックリと開けた形なのだ。

そこに、ゴーッゴーッと海水がものすごい勢いで飲み込まれてゆく。

艦橋から艦首を見た艦長は、自分の目が信じられない思いだった。

ググッゴゴ――――ッ！

グググォ――――――――ン！

見る間に『テネシー』は、前のめりになって海底に引き込まれてゆく。まるで潜水艦が潜航するような姿だ。

「ば、馬鹿な。こんなことは信じられん！」

艦長が呆然（ぼうぜん）として言った。

「艦長！」

航海長が叫んだ。

その声で艦長は我に返った。そしてすかさず言った。

「退艦だ！　この艦は沈む！」

艦長の恐怖が伝染したのか、一瞬で『テネシー』艦内はパニックに襲われ、それによって命を落とした兵士も少なくなかった。

後（のち）に、このときの艦長の判断が問題になる。

もう少し粘ることができたのではないか、という声だ。

退艦するにしてももっと冷静な配慮ができたのではないか、という声もあった。

実際に『テネシー』は即座に沈んだわけではなく、この後の日本軍艦爆部隊の攻撃によってやっと沈んだのである。

「見ていない者はなんとでも言える。艦首が吹き飛んだんだ。そんな艦が三〇分も一時間も沈まずにいるなどと誰が判断できるのだ」

と、艦長は反論したという。

「『黒鮫』の牙ですよ」

第16任務部隊の作戦参謀が、言った。

「例の艦隊には黒塗りの潜水艦があり、兵士たちはそれを『黒鮫』と呼んでいます」

作戦参謀が続けた。

「『黒鮫』は、想像もつかない威力を持つ大型魚雷を搭載しているらしく、それが……」

「牙か」

「そうです、それが牙です」

作戦参謀がそう言って、なす術はありませんとばかりに首を振った。

「黒鮫の……牙か」

ハルゼーが肩を落として、言った。

島陰に小型の潜水艦が二隻、ひっそりと浮上していた。

「罠じゃないでしょうね……」

『丹一号』小型潜水艦の発令所で、潜水艦長福島四郎中佐が困惑げに言った。

『大和』超武装艦隊潜水部隊が、護衛艦もつけずにまるで漂流でもしているような

アメリカ軍空母を発見したのは五分前である。

「ああしてじっとしていて、近づいてきたらドカンということか。それはどうかな。駆逐艦ならその可能性が無くもないが、空母にはこっちに攻撃を仕掛けてくる兵装はないのだぞ」

答えたのは、『丹二号』潜水艦長の堀内(ほりうち)大介中佐だ。

「近くに駆逐艦がいないのは事実なんだな」

先ほどから腕組みをしている潜水部隊司令の三園昭典大佐が聞いた。

「いません」

水測士が自信たっぷりに言う。

「やりましょう、司令、艦長。敵の空母、それだけわかっていれば十分ではないですか」

『丹一号』の水雷長が、さらりと言ってのける。

「そうですよ。下手な考え休むに似たりというではないですか」

賛同を示したのは、『丹二号』のこれまた水雷長だった。

「それもそうか。ここでこうして角を突き合わせていても、なんにもならんからな」

「そうですよ、司令」

「やりましょう」

二人の水雷長が意を合わせて言った。

「よし。それなら挟撃作戦で行こう。一号は左舷、二号は右舷より攻撃。時間は今から……」

こうと決まれば気心が通じ合っているだけに、行動は早かった。

「一番、二番、三番、二秒おきに発射」

「一番、二番、三番、二秒おきに発射します！」

福島の命令を、水雷長が復誦した。

ズン。

ズン。

ズン。

「発射完了」

魚雷室からの声に福島がうなずき、「急速潜航！」と命じた。

左舷に向かってくる魚雷をかろうじて回避した『フランクリン』だったが、右舷を攻撃してきた魚雷を避けきれずに、二発を直撃された。

沈没は避けられそうであったが、『フランクリン』は右に大きく傾き、飛行甲板の掃除が終わって出撃の準備をしていた二機のＢ25『ミッチェル』が海に落ちて沈んだ。

しかも数機のＢ25が飛行甲板を流されて激突し、ここにＢ25による〈日本本土空襲作戦〉は完全に潰えたのであった。

「くそっ！　どこまで抜け目のない奴らだ」

『フランクリン』大破の連絡を受けた第16任務部隊指揮官ウィリアム・Ｆ・ハルゼー中将が、呆れたように言った。

「ええ。確かに恐ろしい敵です。ですが、提督」

「わかっているとも、ブローニング参謀長。白旗を掲げるつもりはないさ」

「はい」

「もっとも、ここは無理をしないほうがいいかもしれないがな」

「賛成です。しかし撤退もそう容易くはさせてくれないでしょうがね」

ブローニング参謀長が、不敵な顔をして笑った。


ガガガガガッ！

ズドドドドドドドドドッ！

ババババババババッ！

話には聞いていたのだが、まるで対空砲で守られた要塞だと、『大和』超武装艦隊麾下の重巡『八幡』の上空に迫った第16任務部隊攻撃部隊の指揮官兼艦爆部隊指揮官レオン・ワインバーガー大尉は思った。

「下手に接近すれば、元も子もねえっちゅうわけかよ」

ワインバーガー大尉が唸る。

しかし、この重巡の対空砲火陣をくぐり抜けなければ、目的と定めた敵の中型空母には近づけないのだ。

「おっ」とワインバーガーが唸ったのは、数機のカーチスＳＢ２Ｃ『ヘルダイバー』

艦上爆撃機が、『八幡』の作る弾幕の中に飛び込んでいったからだ。

「ちっ。勇気と蛮勇は違うんだと、あれほど言ってやったのによ」

ワインバーガーが舌打ちする。

案の定、二機のＳＢ２Ｃ『ヘルダイバー』は爆弾を投下する前に撃墜された。

グワワァァ――――ン！

ズドドンンッ！

空中で爆発し、艦爆は吹き散った。

そのとき、眼下を四機小隊のグラマンＴＢＦ『アヴェンジャー』艦上攻撃機が低空で侵入していくのが見えた。

「頼むぜ……」

魚雷攻撃が成功して少しでも『八幡』の動きが遅くなれば、急降下爆撃の命中率が上がる。

だが、ワインバーガーの期待はすぐにしぼんだ。

四機編隊のＴＢＦ『アヴェンジャー』が、瞬く間に撃墜されたからだ。

一機は撃ち落とされる前に魚雷を発射していたが、照準を合わせる余裕がなかったのか、とても命中するとは思えなかった。

「今、確認できているのは、撃墜したＢ25は一六機、損傷二機です。それと、これは推測ですが、Ｂ25部隊は二隊あり、うち一隊はなんらかの問題が起きて途中で出撃を取りやめたのかもしれません。Ｂ25を艦載していたと思われる空母が一隻、回避した模様ですからね」

　ここまで入ってきた連絡のメモを見ながら、仙石参謀長が言った。

「どうやらそのようだな。だが、数機は見逃がしている……」

　竜胆長官が眉をひそめた。

　当然のことながら、竜胆には、爆撃部隊の一部を見逃がしたかもしれない天風部隊を責めるつもりはない。それどころか、わずか八機の『天風』で一六機の中型爆撃機を葬り去ったことのほうが、驚異的な働きなのだ。

　だが、正直に言って、不安そのものは去らない。

「本土の守備隊がどう動くかですね」

　仙石も不安なのだろう、下唇を舐めた。

「まさか前回のようなことはないだろうとは思うのですが、どうももう一つ、内地の陸軍航空部隊には信頼が置けません」

「うん。言ってはいかんのだろうが、それも事実だからな」

「長官。天風部隊が本隊上空を少し掃除したいと許可を求めてきています」

「おいおい。銃砲弾は残っているのか」

「敵の爆撃機が予定数より少なかったので、可能だそうです」

「市江田らしいですね。取り逃がした爆撃機の分を取り戻そうというわけでしょう」

「もう十分だが、どうせ言っても戻りはしないだろうな」

竜胆の脳裏に、責任感の強い市江田の顔が浮かんだ。


グワァ――――ン！

ドガガガッ！

ズグワァン！

突然に天空に現われて、瞬く間に僚機を叩き落としていく戦闘機。

プロペラのない戦闘機。

「そうか。あれがジャップが投入したっちゅう、ジェット戦闘機か」

ワインバーガー大尉も噂には聞いていたが、見るのは初めてだった。

それに、それは明らかに噂以上の強さを持っていた。

「まるで別の次元の戦闘機じゃねえか、あれは」

ワインバーガーが、恐怖よりも驚愕の思いでつぶやいた。

「ジャップはな、物真似が得意な劣等人種さ。しかし物真似が本物を超えることはない」

これはワインバーガーが海軍の航空科にいるときに聞かされた教官の言葉だ。聞いたときは、ワインバーガーはまったく疑問を持たなかった。

黄色い肌を持った猿。

それが、長い間、ワインバーガーが抱いてきた日本人のイメージだ。

ところが、それが明らかに間違っているのではないかと、近頃ワインバーガーは思い始めていた。

実はワインバーガーの血には、ほんのわずかだがイタリア系が混じっている。祖父のほうの血筋だ。

しかし、ワインバーガー家ではそのことに触れるのはタブーだった。

アメリカ社会とは不思議で、様々な人種が入り交じったミックス世界である。そこでは人種に関係なく「アメリカン・ドリーム」が約束されていて、それがアメリカの寛容さ、自由な国の証とされていた。

確かに表面的にはそう見える。しかし、それだけが真実ではない。アメリカは同時に徹底的な差別社会だ。人種差別はもとより、富裕な者と貧しい者の間にも恐ろしいほどの差別があるのだ。

ワインバーガー家が血筋を隠すのも、そのあたりから来ていた。

また、今度の戦いに、イタリアがドイツ・日本と三国同盟を結んだことも、ますます血筋を隠さねばならない理由として付け加えられていた。

もちろんワインバーガーはアメリカ国民として日本を憎んでいるし、日本には勝たねばならないと思っている。

しかし、アメリカ合衆国だけが絶対に正しいというのは、少しおかしいのかもしれないとも思っていた。

(優秀な黄色い肌のジャップもいる、っちゅうわけか……)

恐ろしいほどに強い日本のジェット戦闘機を見ながら、ワインバーガーはそんなことを考えていた。

(でもな、俺も逃げるわけにはいかんのだよ、ジャップ。アメリカ国民だからな)

ワインバーガーは決意を固めると、操縦桿を前に倒した。

アメリカ陸海軍が画策した〈第二次日本本土空襲作戦〉は、完全な失敗に終わった。

ジェット艦上戦闘機『天風』から逃がれたノースアメリカンB25『ミッチェル』中型爆撃機は七機だったが、うち二機は故障のため着水し、三機は空襲をせずに北上してソ連領に不時着した。

空襲に向かったのはわずかに二機だが、一機は陸軍航空部隊に撃墜され、最後の一機は高射砲の餌食になったのであった。

ウィリアム・F・ハルゼー中将が率いるアメリカ太平洋艦隊第16任務部隊の被害も大きかった。

軽空母『カウペンス』、戦艦『テネシー』、軽巡『ボイス』はじめ駆逐艦五隻が撃沈し、空母『フランクリン』、重巡『ペンサコーラ』の他駆逐艦二隻が大破した。

航空戦力（B25含む）は六二機が撃墜されている。

また、ハワイに戻る航路の途中に、駆逐艦一隻が日本軍の潜水艦によって撃沈されていた。

第四章　エアクッション艇『翔亀』

『1』

ソ連が日本に対して、いかにもな態度を取るのは毎度のことであった。

だが、いつ本当の行動になるのかわからないのがソ連という国であり、スターリンという人物の不気味なところであると、大日本帝国首相（内相、陸相、外相などを兼任）東条英機陸軍大将は思っていた。

「またか……」

永田町の首相官邸の執務室で、陸軍情報部（参謀本部第二部）からの報告書を前に、東条はウンザリとして言った。

五月下旬、梅雨の走りというのか、この数日、帝都東京は小雨続きである。

湿度も高く、ただでさえ不快なところに、「ソ連極東赤軍に怪しき動向あり」との報告が入ってきたというわけだ。

「関東軍がまた余計なことをしでかしたんじゃないだろうな……」

東条が唇を歪め、報告書を読み始めた。

関東軍の前身は、〈日露戦争〉の勝利によって得た遼東半島と、南満州鉄道を守備する関東都督府陸軍部という守備隊である。それが一九一九（大正八）年に関東軍として独立した。

関東軍が引き起こした事件は多い。

「張作霖爆殺事件」

「柳条湖事件」

「張鼓峰事件」

ソ連軍と戦って破れた「ノモンハン事件」

そして日中関係を決定的に破壊した「満州事変」などがある。

「ノモンハン事件」後、ソ連の存在に脅威を感じた日本軍は、関東軍増強に努めた。

最強時には、七四万人以上の陸軍軍人が満州に駐屯していたのである。

だが、太平洋における戦争の勃発などの理由によって、満州の陸軍兵は減じていった。

この事態に、関東軍、とくに若手佐官の間に不満と不安が惹起した。

関東軍を軽視しているという不満と、ソ連が攻めてきたらどうするのだという不安である。

また一部将校などの間には、

「今ならソ連に勝てる。ソ連に攻め込もう」

などという過激なことを主張する者さえいた。

「それは困る」

というのが東条の本音だ。

今の日本には、アメリカとソ連の両方を相手に戦争をする力など、とうてい無いのだ。

「それがあの馬鹿どもにはわからないんだ」

東条は関東軍の過激派とも言うべき若手に、

「こちらからは絶対に動くな」

と再三再四、関東軍司令官を通して命じているのだが、彼らはそれを無視して現地人をスパイとして雇い入れたりし、ソ連極東赤軍を刺激していたのである。

もっとも、国境の緊張は、関東軍だけの責任ではないことも事実だ。

たぶんに意識的だろうが、ソ連極東赤軍も関東軍を刺激するような軍事訓練を国境付近などで行なうことがあるからだ。

しかしソ連が本気で戦端を開くとは、東条は思っていない。

ドイツとの戦争を抱えているソ連にも、日本と戦う余裕などあるはずはないからだ。

ただし、一〇〇パーセントないとは言えない。

理由はただ一つ。

それは、ソ連を支配しているのがスターリンだということだ。

東条はスターリンと面識はないが、彼の行状は情報部に命じて詳細に調査させていた。

——危ない人間だ。

スターリンを知るにつれ、東条はそう思った。

己(おのれ)の権力確保のために、自国民を大量虐殺するという暴挙。

失政（とくに農業政策）を他者に押しつける無責任。

飽くなき強欲。

そして〈日露戦争〉によって日本が得た土地を自国であるという主張。

下手に刺激をすると何をしでかすかわからない人間であることを、東条は見抜いていたのである。

だからこそ対アメリカ戦にメドをつけないうちは、ソ連を刺激したくなかったのだ。

やがて、情報部の報告書を読んでいた東条の手が止まった。

「嫌な感触だな。これまでのソ連の動きとはどことは言えないが、違う」

東条が報告書をはじめから読み直す。

それでもわからないらしく、東条は悔しそうに目をパチパチとさせた。

「少し動いたほうがいいのか。しかし、私が表立って動けば周囲に影響が大きくなる。邪推する者も出てきて、ことが大きくなることも考えられる」

東条の手が電話に伸びた。

「東条だ。ああ、会いたいんだが……もちろんここはまずい……そう、そこならいいだろう」

小さな公園の近くまで来ると、東条英機は護衛兵に「ここで待て」と言って中に入っていった。

公園の中ほどにある木製の四阿屋(あずまや)に、いかにも会社員風の男がいた。

黒縁の眼鏡をかけた目が鋭い。

「ご無沙汰しています、閣下」

男が言った。

「ソ連が少しおかしい。気づいているか」

東条が聞いた。

「私はお払い箱だったんじゃないですか」

男が、東条の問いには答えずに言った。

「……動きすぎるからだ。諜報部員が表舞台に立っては仕事にならんだろう」

「民間人ですからね。軍の言う通りに動くのは趣味に反します」

「なら、それはそれでいいだろう。しかし、国を思う気持ちは捨ててはいないんだろうな」

「これでも日本人ですからね」

「ならば、再度問う。ソ連がおかしい」

「……アメリカでしょうね」

「アメリカ？」

「はい。ソ連が動いてくれたら、アメリカは楽になります。減らしてきた関東軍を再び大陸に送りこまなければなりませんよね、日本は。そうなれば、海軍の南方作戦は、根本的に考え直さなければならなくなりますからね」

「しかし、スターリンのソ連とルーズベルトのアメリカが手を組むだろうか」

「手なんか組みはしませんよ。自分の都合のいいときに、ちょっと歩調を合わせるだけです。状況が変われればすぐに相手を裏切ります。スターリンもルーズベルトもそういう人間ですから」

「まあ、そうだろうな」

「ドイツが強くならなければ、ソ連は日本に対する動きを強めるでしょう」

「ドイツか……」

「同盟国ですよ」

「ああ。先日は空母を貸してやった」

「賢明でしょうね、当面は……」

「将来的には、まずいか」

「たぶん。ですが、私は未来が見えるわけではありません。推測するだけです。当たるも八卦当たらぬも八卦ですよ、閣下」

「わかった。報酬は？」

「今は結構です。いつか返していただきます」

男が軽く手を挙げ、歩き出した。

「吾郷大佐。軍に戻る気はないか。順調ならば、君は今ごろ中将だったのに」

「……嫌な奴や阿呆どもに命令されるのは好きじゃないんですよ。まあ、軍人向きじゃないんでしょうね」

「貿易会社社長か」

「小さいながら、一国一城の主ですから」

「ただし、扱う品は情報……」

「世界共通のお宝です」

「命を大切にすることだな」

「ありがとうございます、閣下。しかし、あなたも私の命を欲した一人でしたよ」

「またやるさ。お前が私の邪魔をすればな」

「せいぜい気をつけますよ。では」

吾郷は小さく笑うと、公園を出て行った。

（吾郷弘敏。陸軍情報部である参謀本部第二部第五課長（ロシア課）時代に、立場を利用してソ連に秘密情報を流した疑いがあり、軍法会議にかけようとしたが、奴の握っていた情報が表に出る可能性があったため、おかまいなしで除隊。今では貿易会社を隠れ蓑に、情報で商売をしている。危険な男だが、利用価値はある。まあ、なるべくなら使いたくないのだが……な）

歩きながら東条は忌々しいと思った。

一人の男が集めた情報が、一国の情報部の収集した情報より価値があることに、だ。

「それだけ優秀ということか、あの男が」

近寄ってきた護衛兵に促され、東条は公用車に乗った。

「ことの要は、ドイツか……」


『2』

「お待ちしていました」

「カーライズ造船」専務のドナルド・ハントが満面の笑みで出迎えたのは、アメリカ合衆国艦隊司令長官兼海軍作戦部長のアーネスト・J・キング大将であった。

「カーライズと私のことを、いろいろと言う者たちがいてな。君とは極力会わないようにしていたのだが……。やはりどうしても、こちらの進み具合を確かめたくなったのだ」

キングが少し警戒する感じで言った。

「これは噂なのですが、よろしいですか」

「どうせノックスあたりが流したろくでもないデマの話なら、聞きたくないね」

「あ、いえ、キング作戦部長と我が社に関するものではありません」

「そうなのか。なら、話してみたまえ」

ハントはうなずいたが、すぐには話し出さず、周囲を窺うように見た。

「なんだ。自分の会社なのに、ずいぶんと用心深いんだな」

キングが呆れたように言った。

「どうやらライバル会社に通じている者がいるらしいのです。なあに、そのうちにあぶり出して見せますが、それまでは少し」

「ならば、君の部屋のほうが良くはないかね」

「そのあたりはどうでしょう。盗聴器という手がありますんでね」

「なるほどな。じゃあ、聞こう」

「はい」

うなずいて、ハントが声を潜めるようにして言った。

「先日、陸軍と海軍が行なった共同作戦が失敗したために、作戦部長はちょっとお困りになっていると聞いたのですが、いかがですか」

キングが舌打ちをした。

むろんそれが〈日本本土空襲作戦〉のことだと、すぐにわかった。

キングはどう答えようかと、少し迷う。どうせ否定しても、ハントが信じないことはわかっていた。

この男が情報収集に優れていることは、これまでの付き合いでよくわかっている。

と言って、肯定するわけにもいかない。一応は軍事機密だからだ。

しかしハントの耳にまで届いているようでは、すでに秘密事項とは言えないかもしれない。

漏らしたのも、間違いなくノックス海軍長官か、彼につながる者だろう。

キングを引きずり落とすことに躍起（やっき）になっているノックスにとっては、今度の失敗は最高の出来事なのだろう。

「それは下らぬ噂だよ、ハントくん。私たちは失敗していない」

やがてキングは否定した。

「わかるだろ、ハントくん。何も隠されたものはない。だが、これからの作戦に、カーライズが建造している空母は大きな力となるだろう。だから、わざわざ私は来たのだ。わかるよね、私の言おうとしていることが」

ハントはすぐには返事をせずに、考えている様子だったが、突然、その顔が明るくなった。

「な、なるほど。そういうことですか」

「そうだ。最終的には日本に負けない巨大空母が必要だろうが、それを待ってはいられないのだ。今、私たちには身近な勝利が必要だ。小さくてもいい。大統領と国民が待ち望む勝利がな」

ハントは完全に理解していた。

陸海軍が失敗した共同作戦は、やはりキングを苦しめていたのだろう。そのためには何か新しい手だてが必要だったのだ。

そしてその一つが、「カーライズ造船」が建造中の空母なのだ。キングは直接それを言いたくて、サンディエゴに現われたのだろう。

「ご安心ください、作戦部長。私たちの船は、必ず合衆国に勝利をもたらすはずです」

ハントが胸を張ったが、キングはハントの言った「私たちの船」という言葉にこだわった。

文字通りにとれば、私たちとは「カーライズ造船」とハントのことを意味するのだろう。

しかしそれは、キングとハントの、という意味にもとれるのだ。

キングとハントの船。

ハントがそれを意識して言ったのだとしたら、ハントはキングを完全に取り込んだと考えている証拠だ。

ハントがそう考えるのは勝手だが、あちらこちらで言いふらされるのはやはり困りものである。

「大丈夫です、作戦部長。私は口の堅い人間ですので、余計なことをペラペラと喋り回ったりはいたしませんから」

キングの心を読んだのか、ハントはそう言った。

ハントが油断のできない男であることは、これまでの付き合いで十分に知っているつもりだったが、思う以上にハントは切れるのかもしれない。キングは、これまで以上に気を引き締める必要があると思った。


ハントとの会話には含むところがあったキングだが、艤装段階に入っている新造双胴型空母の雄姿は嫌な思いを吹き飛ばすのに十分だった。

「ハントくん。君は、日本がジェット戦闘機を投入したことは知っているよね」

「承知しています。かなりの力を持っているようですね」

「驚くべきことに、一機であのノースアメリカンB25『ミッチェル』を撃墜したというのだから、想像以上の戦闘機だ」

「艦上戦闘機が陸軍の中型爆撃機を、ですか。それはソロモンか南太平洋のお話でしょうね」

ハントの言葉で、キングは自分の失言に気づいた。

ジェット戦闘機『天風』がB25をたった一機で撃墜したのは、ソロモンでも南太平洋でもなかったからだ。

「まあ、そういうことにしておいてくれたまえ」

いまさら惚(とぼ)けてもしかたがないと、キングは割り切った。

ハントは小さく笑うと、

「それで、先ほどのお話ですが」

「ああ、そうだったな」

キングはちょっと言葉を切り、

「残念だが、我が国のジェット戦闘機開発は遅れている。一部の航空機メーカーが試作機を飛ばしたようだが、性能的にはプロペラ機とさして変わらず、採算の面から開発部門は縮小された」

「しかし、日本は投入してきました」

なぜかハントの声には、わずかに憤(いきどお)る色が滲(にじ)んでいた。

「ああ、こうなったら航空機メーカーも立ち止まってはいられまい。彼らもジェット機開発に力を入れるだろう。しかし、それがいつだかわからない……」

「当然、日本は待ってくれませんよね」

「そうなんだ。そんなとき、ある新興航空機メーカーから試作機を見てほしいという話があった。似ているだろ、誰かの場合と」

「なるほど。しかし本当に似ているでしょうか。その試作機は私たちの船ほど優秀ですか」

「いや、そこまでは言っていない。現在の主力戦闘機グラマンＦ６Ｆ『ヘルキャット』に比べても、飛び抜けて優秀というわけではないよ」

「それでは問題になりませんね」

「その代わり、安い」

「えっ？」

「Ｆ６Ｆ『ヘルキャット』の七割程度の費用で造れるのだ」

「それは悪くありませんね」

「だろう。しかし問題もある」

「……？」

「東海岸では、競合社の抵抗と妨害があるかもしれない」

「こちら西海岸で製造をしたいと」

「だが、金が足りない」

「少し見えてきました」

「無理だろうか」

「私の一存では、どうにも。それに、我が社も資金が潤沢というわけではありませんから……」

「だが、浮いた分を君の会社に回すという手もあるんじゃないかな。発注を増やすという形で」

「！」

「どうかね？」

「それは可能ですか」

「それはこいつ次第だという部分はあるんだが……私たちの船は期待も裏切らないだろ？」

「なるほど。そこに戻ってきますか」

「ああ」

「相談させてください」

「頼むよ。数が必要なんだ」

「数が？」

「ああ。幸いなことに、日本が投入しているジェット戦闘機はまだ数機らしい。ならば数で対抗できると思うんだ」

「なるほど。数で対抗ですか」

「そのためには、安くてしかも性能の高い航空機が必要というわけだ」

「わかりました。これだけはお約束いたします。このドナルド・ハントが、最高の努力で上と交渉しましょう」

「頼むぞ」

（なるほど、こっちもあったのか。キングがわざわざこのサンディエゴに来たわけは……さすがだね、アーネスト・J・キング大将。確かに大した玉だよ、あんたは）

ハントはまだまだ自分が甘いことに気づき、苦笑した。


『3』


ブババババ――――――――ッ。

強烈な空気によって浮いている摩訶(まか)不思議な形状の船体を、

「なにやら亀に似ていますね」

と言ったのは、この船体の基本を開発、設計、製造した海軍超技術開発局（超技局）艦船開発部艦体開発課員山茶花(さざんか)次郎技術大尉であった。

今でいうエアクッション艇（ホバークラフト）で、山茶花は当初、これを内火艇

（上陸用舟艇）として開発、設計、製造した。だが、山茶花が「亀に似ている」と称したことから名付けられたこの『翔亀』は、もちろん内火艇ではない。

『黒鮫』こと『伊九〇一号』潜水艦が搭載する超魚雷『豪鬼』を、艦体の左右に一基ずつ搭載した魚雷艇なのである。

ただし『翔亀』は、いわゆる魚雷艇ではない。

ロケット開発の専門家であるドイツ人博士フリッツ・アルベルト・トーマの、間もなく完成するロケットを搭載するロケット艇でもあるのだ。

トーマ博士の僚友のヴェルナー・フォン・ブラウン博士は〈V2〉と呼ばれる連合国軍を震撼させるロケットを開発中だが、トーマ博士の開発しているロケット兵器『煉火』は、〈V2〉よりは二回りほど小型のため航続距離や威力などの点で〈V2〉に及ばないが、小型だけに移動が自由であった。

まだトーマ博士からの詳細な発表はないが、航続距離はおよそ一〇キロ、最高速度はマッハ一弱、威力は八〇〇キロ爆弾相当と言われていた。

これらの能力も当然未曾有のものには違いないが、『煉火』にはそれらを超える性能があった。

それは、航空機と協力し、航空機が発するレーダー波に乗って推進するため、命中率はほぼ九〇パーセントを超えるということである。

普通八〇〇キロ爆弾というのは、艦攻や陸攻が水平爆撃で使用するもので、威力はすさまじいが命中率は低いというのが相場だが、『翔亀』『煉火』、そして航空機というチームはそれを九〇パーセントの確率で叩き込むことができるのだ。

「敵空母の飛行甲板のど真ん中に撃ち込めれば、それだけでその空母はもう空母としての任務を終えるだろう。なにせ、搭載機を発艦させることも、帰ってきた搭載機を着艦させることも、できなくなるのだからな」

『翔亀』を内火艇から「空飛ぶ戦車」へと変身せしめた超技局長（艦船開発部長兼任）源由起夫海軍技術少将の言葉はあながち嘘ではなかった。

『翔亀』の特色はまだある。

そのスピードだ。

さすがに『豪鬼』搭載時の最高速力は四五ノットと平凡だが、『豪鬼』を放った後は軽く七〇ノット、およそ時速一三〇キロに達するのである。

もっとも、それだけ速力を出すと、もろに風の影響を受けて操縦しにくくなるという難点はあった。

もともと山茶花の開発した内火艇は、内火艇としては非凡な航続距離を持っていたが、『翔亀』もそれを受け継いでおり、内火艇ほどではないが、四〇ノットで八〇〇カイリを実現させていた。

とはいえ、この程度の航続距離では艦隊と共に水上行動するには不足であるから、普段は空母に搭載する予定である。

そのために、今度『大和』超武装艦隊が内地に帰還した際に、『大和』と二隻の中型空母に『翔亀』用の離発着ドックを作る予定になっていた。

このドックは艦尾に作られ、後部の扉を開閉して出入りができるシステムとなる予定であった。

ウィイイ――――――――――ン。

ブバブバブバ――――――――――――――ッ。

直進していた『翔亀』が推進プロペラのある尻を振った途端、あっという間に一八〇度方向を変えた。

小型高速艇やモーターボートならともかく、全長六〇メートルを超える艦艇がなせる技ではなかった。

「しかし、さすがに局長はすごいですねえ」

『翔亀』が沖合に消えてから、山茶花が言った。

「何がだ？」

「私の内火艇を見て課員の一人が『戦車が浮いている』と言ったとき、なるほどそう言われてみればそうかなとは思いました。しかし正直に言えば、そんな迫力はないだろう思ったんですが……『翔亀』はまさに浮いている戦車です。魚雷の代わりに大砲をつければ、陸軍さんも欲しがりますよ、きっと」

「大砲をつけることも、実は当初、考えたんだ。しかしそれでは、戦える相手は駆逐艦程度だからな。それじゃあ、お前にすまない」

「いえ、そんなことはありませんけど」

「まあ、『翔亀』の登場は戦(いくさ)の方法を変えるかもしれんと俺は思っているよ」

源が感慨深げに言った。

そのとき、沖合から『翔亀』が戻ってきた。

海面をまさに滑るがごとく走る『翔亀』は、そのまま砂浜に上がってからも快調に走り続ける。

水陸両用艇『翔亀』の活躍は近かった。

『4』

「もっと早くはできんのかね」

建造の進むドイツ第三帝国初の空母『グラーフ・ツェッペリン』の飛行甲板で、総統アドルフ・ヒトラーが言った。

言われた建造責任者は首をすくめて「申しわけありません」と、答えた。

ドイツ第三帝国が再軍備宣言を行なった一九三五(昭和一〇)年の翌年に起工され、三年後の一九三八(昭和一三)年に進水したものの建造中止となったが、再度建造が始まった『グラーフ・ツェッペリン』の竣工予定は半年後だった。

時代の流れを取り入れて、構造、艦型、兵装、機関など、ほとんどの面で変更が行なわれた。

それでも建造責任者にすれば、それこそスタッフを馬車馬のように働かせてきたのだから、その建造スピードには自信があった。

それをもっと早くしろと言うヒトラーの命令は、正直に言って辛い。手抜きでもすればそれなりに縮めることはできるが、後から首を切られる恐れが十分にあった。

しかし、できないということもやはりはばかられるだけに、建造責任者にすれば万事休すの思いである。

「一刻も早く、我がドイツにも空母があることを示さなければならぬ」

「はい。それは重々承知しております。が……」

「どうしても無理だというなら、日本からもらった『アドミラル・グラーフ・トーゴー』を呼び寄せる策もある。青島基地に置いていても、どのみち大して活躍の場もないだろうからな」

ヒトラーが顎を掻きながら言った。

（総統は本気のようだ）

建造責任者は、肩を落とした。

「本国へですか……」

訓練航海から急遽（きゅうきょ）、青島に呼び戻されたドイツ東洋艦隊指揮官ゲオルグ・コルビッツ少将は、艦隊司令長官ハンス・ヘッケル中将を見た。

「あまり驚いていないようだな」

そう言うヘッケル司令長官も、淡々とした様子である。

「こちらでは、私たちの本当の仕事はありませんから、いずれは呼び戻されることになるだろうと思っていましたのでね。ただ、少し早い気はしています。建造中の『グラーフ・ツェッペリン』に何か問題でも起きたのですか」

「いや、そうではなくて、総統閣下が一刻も早く敵に、我がドイツ海軍も空母を持っていることを見せたいらしい」

「なるほど。しかしスエズ運河が使えませんから、どんなに急いでも一カ月弱はかかりますがね」

「それは言ってある」

「それと、今の状況では『アドミラル・グラーフ・トーゴー』の乗組員の何パーセントかは日本人になりますが……日本は許可を出してくれるのでしょうか」

「私もそれが気になったのだが、海軍省は意外にもすんなり了承してくれたよ」

ヘッケル中将が、笑顔で言った。

「海軍省ですか。しかし、長官。日本海軍はアドミラル山本の意向が無視できないようですが」

「その点も大丈夫だよ。海軍省に確認してある。確実な帰還を約することができれば、という条件付きだがね」

「保証していただけるのですね」

「もちろんだとも。それで出発は？」

「明後日には」

「そうか。航路の後半にはイギリス艦隊との遭遇も十分に考えられる。準備は万全にな」

「その点は問題ありません。我が機動艦隊の力は、イギリスが考えている以上に強力です。来てくれると、かえって幸いですよ」

コルビッツは、さして緊張した様子もなく言った。

航空戦の実際を経験していないし、機動艦隊の訓練にも同行をしていないのだから、ヘッケルにはドイツ機動艦隊の実力がどの程度あるかなど理解はできない。

しかしコルビッツの成長を見れば、彼の艦隊の実力がそれなりにあるだろうことはヘッケルにも推測できた。

コルビッツの言葉通り、ドイツ東洋艦隊が青島基地を出航したのは、二日後だった。

突然のドイツ行きに難色を示す日本兵がいることも考えていたコルビッツだった

が、少なくとも表面的には、協力を惜しまない旨を言ってきた。

まだ日本兵に頼らなければならない部署は、それだけ難しい部署だっただけに、コルビッツはホッとした。

「スエズ運河を使えれば、行程はほぼ半分になるのだがな」

黄海を航走するドイツ東洋艦隊旗艦空母『アドミラル・グラーフ・トーゴー』の艦橋で、コルビッツ提督は短い間に予想以上の成長を見せるエアヘルト・シュライバー参謀長に言った。

「そこを奪取することも、先を考えれば、我が艦隊の重要な任務になるかもしれませんね」

「その可能性は高いな。イタリア海軍にもっと力があれば、すでにスエズは我が同盟軍のものになっていたかもしれないがね」

コルビッツがそう言って、苦笑した。

日本・ドイツ・イタリアの三国同盟だが、ほとんどの面で、イタリアは他の二国の足を引っ張っていたと言える。

軍事面でも、戦えば必ず負けるという体たらくで、再三尻ぬぐいをしなければならなかったヒトラーは、

「イタリアを同盟に加えるべきではなかった」

「イタリアは中立国のままにしておくべきであった（同盟締結前、イタリアは中立を表明していた）」

　と何度も繰り返していた。

　いわばイタリアは、三国同盟のお荷物的存在だったのである。

　コルビッツとすれば、もし『大和』超武装艦隊がシンガポールかリンガ泊地に滞在しているのであれば、無理をしてでも会って行きたい気持ちだったのだが、生憎この時期『大和』超武装艦隊は北太平洋でのアメリカ艦隊の海戦を経て、内地の横須賀でボディ・チェックと改装作業に入っていたのである。

「それほどの艦隊なのですか」

　シュライバーから見れば、『大和』超武装艦隊に異様なほど心を寄せるコルビッツが不思議であった。

「私が『大和』超武装艦隊に会いたいという理由の中には、君にあの艦隊を見てほしいということもあるんだよ。

　芸術家が学ぶとき、優れた先人の作品に接することが大切な勉強の一つだと言われるように、艦隊も同じなのだよ。世界最大にして最強の超武装空母『大和』を擁する『大和』超武装艦隊を見ることは、必ず君のためになるはずだからね」

結局、シュライバーは、大戦中に超武装空母『大和』に邂逅することはできない。ドイツ帰国後、コルビッツとのコンビで地中海と大西洋などを転戦することになるからだ。

結局、シュライバーが『大和』と相見えるのは戦後である。

初めて『大和』を見たシュライバーは、

「コルビッツ提督の言葉は正しい。もし私が帰国前に『大和』を見ていれば、私の戦い方はもう少し違ったものになっていただろう」

と語ったという。

ともあれ、ゲオルグ・コルビッツ少将（帰国後中将に昇進）に率いられ、後に『ドイツの奇跡艦隊』とまで言われるようになるドイツ東洋艦隊は、祖国を目指してやっと出発したばかりだった。

『5』

この数日、アメリカ合衆国第三二代大統領フランクリン・デラノ・ルーズベルトは、体調の不調を訴えていた。頭痛、関節痛、疲労感などである。

医師は精密検査を勧めたが、多忙なルーズベルトにはそれを受ける時間的な余裕がなく、検査は簡単なものであった。

「精神的なストレスが主原因でしょう」

と、検査した医師は言った。

年相応の体力低下は見られたものの、それ以上の原因が見つからなかったからである。

だが、大統領という激務において、精神的なストレスをなくすことなど、どだい無理なことであった。

しかたなく医師は精神安定剤などを投与したが、それが一定の効果があったらしく、ルーズベルトの病状は多少和らいだ。

「私にとっての最高の治療は、日本を降伏させることと、ハミルトン・フィッシュの死だよ、マイク。そう思うだろ」

「間違いありません、大統領閣下。それが一番の良薬でしょうね」

マイク・ニューマン大統領補佐官が、大きく同意した。

ハミルトン・フィッシュは共和党の議員で、今でもルーズベルトの政策を徹底的にこき下ろし続けている政敵である。

僚友バーナービ・ロナバルド議員の死は、フィッシュ議員を逆に力づけていた。

証拠がないために、公の場では決して言うことはなかったが、

「ロナバルドを殺したのは、あのルーズベルトさ。必ず証拠を掴んで、大統領の座から引きずり降ろしてやる。私はロナバルドの死を決して無駄にはしないつもりだよ」

信頼できる友人の前ではこう言って、フィッシュ議員は体を震わせた。

だが、政府の行なった完全犯罪も暴くのは難しく、逆にフィッシュ議員が命を狙われたことが何度かあった。

それが成功しなかったのは、ロナバルド議員の二の舞にならないようにフィッシュ議員がセキュリティに相当の資本を投資したからである。

〈パールハーバー奇襲作戦〉を、

「卑怯者はジャップだ」

と喧伝して国民の総意を得た格好のルーズベルトだが、いざ開戦したものの、その後の戦況は思わしくなく、フィッシュ議員らの地道な努力によって一部には、

「大統領は、日本がパールハーバーを攻撃することを事前に知っていたのではない

か」

などと論評するマスコミさえ登場するようになっていた。

ルーズベルトはそれらを完全に黙殺した。

「無意味な反論は、恐ろしい誤解を生じさせる恐れがあります」

ニューマン大統領補佐官をはじめとするルーズベルトの側近は、沈黙こそが正しい選択と主張した。

「口は災いの元ということだろ。私も承知している」

と、ルーズベルトは側近たちの進言を受け容れたのだ。

側近たちの考えが間違っていたとは言えないが、最良であったかどうかは、今の状況を見るとかなり怪しい。

何も語ろうとしない大統領に対し、マスコミは追及の論調を強め始めていたからだ。

一部だが、ルーズベルトの一番恐れる停戦、休戦、講和などの意見を取り上げるマスコミも出始めていた。

それをチャンスと、フィッシュの行動も活発になりつつある。

確かにそんな現況のルーズベルトを救えるのは、勝利だけかもしれない。

しかしその最良の薬は、なかなかルーズベルトの手のひらに転がり込んでこようとはしなかった。

『6』


ブルルル――――――ン。

バリバリバリッ。

一二機の零戦が心地よいエンジン音を上げているのは、一週間ほど前に復旧したガダルカナル海軍基地の戦闘機用滑走路である。

復旧前の基地をはるかに超える、規模と能力を持っていた。

アメリカ軍の攻撃はあるにはあったが、ガダルカナル島沖合に腰を落ち着けた第二艦隊と第一航空艦隊の存在が大きかったのか、アメリカ軍の重爆撃機を主力とした爆撃部隊の、それも高々度からの爆撃のために命中率がすこぶる悪く、被害は最小限に抑えることができた。

「これなら第八艦隊でも十分にこと足りたな」

と第二艦隊司令長官近藤信竹中将は笑ったが、当の第八艦隊はこれを機会に大幅な修理と改装、そして補給のために呉に戻っており、こちらに帰ってくるのは二週間後だった。

日本軍にガダルカナル海軍基地の復旧を許したことは、当然アメリカ軍にとっては耐え難いことだったが、「ここは無理をしない」というのが連合国軍南西太平洋方面司令官ジェームズ・B・トンプソン大将の判断である。

「この戦場は、互いに補給地を遠隔に持っている。しかも、合衆国も日本も、この戦場に一気に片を付けるほどの戦力を集中させることはできない。

合衆国は欧州戦線を抱えているし、日本は大陸とソ連を抱えている。

それを見合いながらの戦いである以上、ここでの戦いは消耗戦になるはずだ。どちらが先に音を上げるか、それが勝敗を決するだろう。その意味で我が軍は今、十分な戦力を持っているとは言いかねる。

ガダルカナル基地復旧の阻止をできないことはもちろん悔しいが、チャンスは必ず来る。だから無理をしないのだ」

トンプソンにあまり協力的ではない将官たちに対して、彼はそう言い切った。

紳士としての姿勢は崩さないが、その断固たる態度は、ある意味ではぬるま湯的な戦争を繰り返していた将官たちにとって衝撃であった。

むろんトンプソンに対してなお反発する将軍たちもいたが、自分たちの考えが誤っていたと思うようになった将軍もそう多くはないが現われて、トンプソンを喜ばせた。

そんなトンプソンに、本国からのプレゼントがあった。

それは、欧州戦でデビューし、その能力を認められた新型戦闘機の投入である。

ロッキードP39『ライトニング』というやや異質な戦闘機を除き、合衆国陸軍航空部隊の主力戦闘機であるベルP38『エアラコブラ』とカーチスP40『ウォーホーク』が日本軍の零戦に対してまったくと言っていいほど相手にならず、新鋭機が待望されていただけに、リパブリックP47『サンダーボルト』の投入は、トンプソン大将のみならず、この地域全部の陸軍航空部隊にとって嬉しいプレゼントだった。

P47『サンダーボルト』が重量級戦闘機と呼ばれるのは、これまでの戦闘機に比べ自重があるからだが、それは鈍重を意味しなかった。なぜなら、P47『サンダーボルト』の最高速度は七〇〇キロに迫っていたからである。

しかも、P47がすごいのは速度だけではない。兵装も一二・七ミリ機銃八挺と、これまでのどの戦闘機より強力だったのである。

「これで零戦も怖くない」

と誰もが思ったのは当然であろう。

そして、強力戦闘機の登場は、爆撃部隊の戦い方も変えるはずだった。

これまで非力な掩護しか得られなかった爆撃部隊は、安全確保のために高々度からの水平爆撃を余儀なくさせられていたが、P47という強力な掩護力を持つ戦闘機がいれば、命中率をもっと上げられる高度からの爆撃が可能だからである。

「問題は数だな」

トンプソンはつぶやいた。

だが、トンプソンは知らないのだ。

彼を青ざめさせる事態が、すぐそこに迫っていることに――。


アメリカ軍の戦力アップは、ヌーメア軍港で息を潜めているアメリカ太平洋艦隊第18任務部隊にも行なわれていた。

日本海軍の第八艦隊のように交替部隊を持たない第18任務部隊は、ハワイに戻ることはできなかったが、そのハワイやサンディエゴ基地からわずかずつではあるが着実に戦力の増強を受けていたのであった。

「提督。そろそろ動きませんか」

参謀長のトレバー・キーン大佐が、第18任務部隊指揮官レイモンド・A・スプルーアンス少将に進言したのは、六月の下旬である。

「わかっているよ、参謀長。陸軍でも新鋭機の投入が始まっている。私たちが動けるのもそう先じゃないはずだよ」

「なるほど、近々ですか」

キーン参謀長の瞳が輝いた。

「待っていろよ、ジャップ。いつまでも自分たちのパラダイスではないぞ、この南太平洋はな」

スプルーアンスには珍しく生の感情が溢れる言葉だったが、それほどに彼も苦戦していたという証であろう。

ガダルカナルを舞台にした、新たなる戦いが始まろうとしていた。

第五章　『雷王（らいおう）』と『雷電（らいでん）』

『1』

　連合国軍南西太平洋方面司令官ジェームズ・B・トンプソン大将は、ガダルカナル島および南太平洋の珊瑚海周辺の戦いを消耗戦になるだろうと読んだが、大日本帝国海軍連合艦隊司令長官山本五十六大将にとっては、この戦い自体が消耗戦であった。

　もともと資源の乏（とぼ）しい日本が戦争を続けていくためには、経済的な裏打ちが必要なのだが、開戦派の多くがそれを無視するかあえて目をつぶったことを、山本は知っていた。

　それさえも気づかぬ愚かな者たちもわずかにいたが、

「そういう輩は無視するしかない」

と、山本は思っている。

資源豊富なアジア地域を占領することで資源欠如を補おうとしたのが、東条や陸軍の主だった者たちの考えだった。

しかし、「そうはうまくはいくまいよ」と山本をはじめとする現第四艦隊司令長官井上成美中将や海軍の重鎮米内光政ら非戦派は読んでいた。

資源というものは、それがある場所から掘り出せばすぐに使えるというものではない。

石油ならば、それを製油する技術と、施設、運送、備蓄などが必要である。

アジア地域にはその十分な技術も施設もないのだから、日本がそれを補わない限り資源を得たことにはならないのだ。

それが、今の日本にはできない。

要するに、占領したはいいがそれを使えないのだ。資源を確保したなどと、とても言えるはずはないのである。

案の定、蘭印（オランダ領インドネシア）などの地を占領はしたものの、日本の資源不足は今もって解決していない。現地でわずかに調達したものさえ、輸送の途中に敵の潜水艦によって葬り去られることもしばしばだったのだ。

陸軍はそれを海軍の怠慢と責めたが、太平洋は広く、海軍の艦艇には限りがあった。

山本五十六が戦前、戦争をできるかと問われた際に、

「一年や二年なら暴れて見せよう」

と言ったのは、まさにその点を表わしている。

山本は、日本に備蓄されている資源で海軍が自由に戦えるのはその程度だろうとわかっていたのだ。

そして、そのタイム・リミットはそう遠いものではない。

これまでにも何度か書いてきたが、山本五十六の本心はアメリカへの勝利ではないのだ。

経済力、技術力、人力をはじめとしたあらゆる面で、日本の数倍から十数倍の力を持つアメリカを力で完全にねじ伏すことなどできるはずはない、と山本は考えていた。

ではどうするか。

山本が思考したのは、短期戦においてアメリカに大打撃を与え、アメリカ国民をして戦争はやめようと思わせることだったのである。

〈真珠湾奇襲作戦〉はその端緒であった。

しかし、作戦や計画を完全に成功させることは難しい。

日本の動きを察知したアメリカ政府、そして大統領のルーズベルトは、日本の宣戦布告を〈パールハーバー奇襲作戦〉後と国民に錯誤させるように動き、アメリカ国民を鼓舞して闘志を煽った。

そのルーズベルトらの画策が、徐々に崩れ始めているという情報を山本は得ている。

「まさに今やるしかないだろう。そしてひょっとしたら、これが最後かもしれんな」

呉の柱島に係留されている連合艦隊旗艦戦艦『長門』の長官室で、この日も山本は最終決戦になるかもしれない秘策に頭を回転させていた。

「やはりこの線で行くしかないか。となれば、できるのはあいつらしかいまい……あの艦隊しか……」

山本はつぶやくと、立ち上がって宇垣纏連合艦隊参謀長を呼んだ。

宇垣はすぐにやって来た。相変わらず無表情である。

「参謀長。俺は横須賀に出張をするんで、留守を頼むよ」

山本は軽い調子で言った。

連合艦隊司令長官が司令部を抜けるのだ。本来なら、参謀長は理由も聞かずに、はいと言うことはない。

しかし宇垣参謀長は、質問もせず、あわてる様子もなくうなずいた。

山本のこういう行動は初めてのことではない。当然のことに、本当は宇垣だって認めたくはないのだ。まるで参謀長の座を無視されたようで、面白くもない。

だが、山本という男は、宇垣が止めて止まるような男ではない。

止めるだけ無駄。それが宇垣が得た結論である。


『大和』超武装艦隊が横須賀港に入港して、すでに一月近い日が過ぎている。

開戦以来、『大和』超武装艦隊がかくも長き間、一つの場所にとどまったことはない。

しかし、横須賀港は別だった。

ここは『大和』超武装艦隊の母港、生地だったのである。

ドックに繋がれた『大和』をはじめとする『大和』超武装艦隊の各艦艇は、急ピッチで改装が進められている。

竜胆司令長官たちも暇ではなかった。

超技局に行って新兵器についての説明を受けることもあったし、実際にその実験、試験、試行にも立ち会った。

また、東京にも出た。

海軍省や艦政本部に出向いて『天風』をはじめとする新兵器の優秀さを説明し、制式採用を嘆願したりもした。

感触は様々だった。

「行けるかもしれない」という者もあったし、「馬鹿にはいくら説明してもわからん」と内心で怒りを爆発させることもあった。

山本五十六が、単身、竜胆を訪ねてきたのはそんなときである。

会ったのは、日比谷にある海軍省にも近い銀座の料亭であった。

盛時に比べれば、銀座の花街も生気を失っているように見える。

酒や女に耽溺(たんでき)するタイプではないが銀座の華やかさが嫌いだったわけではないので、竜胆は少し寂しい気がした。

山本は先に来ていた。

奥間に入ってきた竜胆に、山本は坊主頭を軽くポンポンと叩きながら席を勧める。

「ご無沙汰しています」

「それが一番。連合艦隊の頭と艦隊の頭が料亭の常連じゃ、皇国は立ちゆかんさ」

例によって軽口を飛ばしながら、山本は竜胆に酒を勧めた。

山本はなかなか本題を切り出さない。

竜胆もあえて聞かなかった。

「今度は、本当に死んでもらうかもしれない」

突然に山本が言ったのは、酒を飲み始めて一時間ほどしてからであった。

「結構ですね」

竜胆はあわてずに答える。

改めて言われるまでもなく、竜胆をはじめとした『大和』超武装艦隊の者たちは、常にその覚悟の中にあった。

それは、他の艦隊の者たちが持っているよりも、深く、強い。

日本艦隊にあって最強を誇る艦隊だけに、『大和』超武装艦隊がこなしてきた任務も最難関、最悪であった。

わずかなすれ違いや行き違いで、今、竜胆はここにいなかったかもしれない。そういう場面を幾度も越えてきたのである。

「すまんとは思っている。しかし、頼めるのはお前しかいなかったのだよ」

「光栄に感じています。世界最強の艦隊を与えられ、世界で一番難しいと思われる仕事をさせていただいています。軍人として、これ以上の名誉はなく、これ以上やりがいを感じることもありませんから」

「ああ、そう言ってもらえると、少しは胸のつかえが下りるよ」

山本が、小さく笑った。

今や国民の間では「軍神」とまで奉(たてまつ)られている山本だが、生の山本五十六は実に人間的だ。

ときには誰はばからず号泣するし、嬉しいときは腹を揺すって馬鹿笑いをする。下らぬ失策を犯せば、「長官。ここはどうか冷静に」と宇垣参謀長が止めるほどに、子供っぽく怒ることさえあった。

それが、等身大の山本五十六である。

だから竜胆も、山本の前では、飾りもせず奇もてらわない一海軍軍人として、身を処してきたのだ。

「あと一、二週間お前たちに時間をやるから、少し遊べ」

「ほう。それは豪気ですな。皆、喜ぶでしょう」

「うん。じゃ、そろそろ話すとするか」

山本が、話し出した。

聞いている竜胆の顔も、少しずつ変わってゆく。

時折り入れる言葉にも、重いものがあった。

やがて、山本が口を閉じた。

竜胆も黙って、今、山本が言い出したことを頭でまとめている。

「なかなかですな、長官」

「なかなかだろ」

「成功する確率も、なかなかですな」

「断わってもいいぞ。無茶なことは俺もわかっている」

「私らがやらないとなると、誰に」

「無茶を言うな。こんな作戦、他に頼める者があるはずはない。お前たちができぬとあれば、この作戦はなしだ」

「やはり、そうなりましょうか」

「当たり前だ」

「ならば、やりましょう。成功すればアメリカの度肝を抜きますからな」

「そうあってほしいと、思っている」

「困りますな。立案者がそんな弱気では」

「俺はいつだって弱虫さ。失敗したらどうしよう、俺の考えは間違っていないだろうかと、いつだって恐々としておるさ」

ゆっくりと山本が酒を干す。

当然ながら、山本の言うことは自分を揶揄した戯れ言だ。しかし、まるっきりの嘘ではあるまいとも竜胆は思った。

山本五十六大将は独断専行が過ぎる。

多くの者たちが語る山本評だ。

事実である。

とてつもなく困難な作戦を考え、周囲が無理だと言っても山本は譲らない。

「できなきゃ、俺が辞めるさ」と最後は脅す。

だが、そこまでして自分を追いつめるのが、山本という男のやり方だ。

孤独に違いないと、竜胆は思う。

ある面、山本五十六は今度の戦争に一人で立ち向かおうと決めたのかもしれない。

もちろん、戦そのものというわけではない。戦の責任全部を、己一人で請け負おうとしているという意味でだ。

結果がどうあれ、そう決めているからこそ一人でなんでも決めていくのかもしれない。

それを聞いてみようかと思ったが、やめた。

答えるはずもなかったからだ。

翌日、竜胆はまだ改装が進む超武装空母『大和』に司令部員を集め、話した。

『大和』の艦橋に、しばらくは言葉もない。

口火を切ったのは、やはり仙石隆太郎参謀長だった。

「まったく、どこまでとんでもないことを考える方だろうな、山本長官という人は」

「まったくですね。俺たちにいくつ命があると思っているんだろう」

続けたのは『大和』艦長柊竜一大佐だ。

「面白いじゃないですか。私は楽しみですね。それに、山本長官がそこまで私たちを買ってくれていることは、喜ぶべきですよ」

「なに、強がっているんだよ」

例によって牧原俊英航空参謀に、小原忠興通信参謀が突っ込みを入れた。

いっぺんに緊張が和らぐ。

「閣下から、一、二週間遊べと言われている」

もちろんその言葉の背後に何があるか、誰もがわかった。

心と気持ちを捨ててこい、ということだった。


『大和』の艦橋の中には、一日で数時間しか静寂はない。時間を惜しんで改装が進められているからだ。

そして、今がそのわずかな時間だった。

抑えられた光が艦橋にある。

竜胆と仙石がいた。

「国に帰るかい、参謀長」

「はじめはそうしようかと思いましたが、やめにしました」

「無理をしているのではないか」

「多少はありますよ。私は家族が好きですからね。いらざる雑念が生まれそうな気がしました」

「なるほど」

「それに、この作戦について私なりにもう少し研究したいとも思いましたので」

「ありがとう」

「何をおっしゃいますか。参謀長は長官の女房役ですよ。女房にいちいち礼なんぞを言うものではありません」

「そうか。俺は亡くなった女房にずいぶん礼は言ったよ」

「ええ、長官ならそうかもしれませんね」

仙石が、クスリと笑った。

「少し寝てこよう」

「少しと言わずに、タップリとどうぞ」

「できるなら、そうしよう」

竜胆が軽く笑って、艦橋を出て行った。

仙石が煙草の火を点ける。紫煙が艦橋に漂う。

「アメリカ本土襲撃か。まったく、山本閣下って人はどこまでとんでもないことを考えるんだか」

言って、仙石は煙草を吸った。

「俺たちにしかできない。そりゃあ、そうだ。それに、俺たちしかやらないだろう。ふふっ」

仙石が楽しそうに、笑った。

立ち上がった仙石は『大和』の飛行甲板に出た。

周囲には工事の名残りである鉄の臭いが充満している。

「『大和』よ。最後のご奉公になるやもしれんぞ」

仙石がゴロリと飛行甲板に寝ころんだ。

ヒンヤリとした感触を味わいながら、仙石は目を閉じた。

すぐに、大きなイビキが聞こえてくる。

翌朝、工兵に発見されるまで仙石は眠り続けた。

「さすが仙石参謀長だ」

という声に、

「『大和』が俺のねぐらだ。最後までな」

と強気に返したが、腰が痛くてへたり込んだため、艦橋には爆笑が満たされた。

『2』

アメリカ陸軍航空部隊所属のノースアメリカンB25『ミッチェル』中型爆撃機一二機が、一六機のリパブリックP47『サンダーボルト』重戦闘機に掩護されて基地を出撃したのは、早朝の三時だった。

P47『サンダーボルト』隊を指揮するのは、ホレーショー・オドンネル少佐である。

この日がP47にとっては、南方戦線に出撃する初陣であった。

これまでカーチスP40『ウォーホーク』を駆ってきたオドンネル少佐にとって、P47は信じられないほどの戦闘機である。

見るからに頑丈そうな機体をしているくせに、驚くほど滑らかで強力な加速をする。最大速度が六〇〇キロに満たなかったP40とは、それこそ鈍行と急行ほどの違いがあった。

P47での飛行時間はまだ三〇時間ほどだが、十分な手応えをオドンネルは感じていた。

オドンネルの感じた手応えは、もちろん彼だけではなく、この日出撃したどのパイロットも同じ感触を抱いていたのであった。

迂回してガダルカナル島の西から接近していたアメリカ航空部隊が迎撃を受けたのは、ガダルカナル島の西方二〇マイルである。

敵は零戦。

オドンネルは、こちらを見て驚いている日本兵の顔を想像して、ニヤリとした。

「今までと同じと思うなよ、ジャップども！　今日がてめえらのラストディだよ。行くぞ、野郎ども」

オドンネルがP47のスロットルを開けた。

ギュ――――――ン。

一気にエンジンの回転が上がったP47は、まさに「雷電（サンダーボルト）」となって天空に煌めいた。

日本軍迎撃部隊の接近を知った時点で、B25『ミッチェル』爆撃部隊は高度を上げた。零戦は、高々度では性能が落ちるからである。

「機長。一一時の方向から近づく機影があります」

「高度は？」

「七五〇〇。我が部隊とほぼ同じです」

「なら、問題はないな。この高度だと零戦はめっきりと速度が遅くなるし、操縦性能も悪くなる。銃撃手たちに、落ち着いて狙えば落ちると確認させろ」

「アイアイサー」


　黒光りする機体は双発機である。

　複座で、後方の座席からは連装の三〇ミリ機関砲が斜め上方に砲身を向けている。

「やっと見えてきたぞ」

　操縦員の山城一飛曹が、視認できる大きさになったB25爆撃機を示した。

「フフッ。初陣だからな。華々しく飾りたい」

　答えたのは、後部射手兼通信員の伊沢一飛曹である。

　このとき迎撃に向かった双発機は八機で、力強いエンジン音は、流れる雲を吹き飛ばす勢いだ。

　超技局の開発したこの双発重戦闘機が、『天風』や『零式艦攻』と違い早ばやと海軍に制式採用されたのは、前超技局長春茂康三中将の力もあったが、艦政本部にも双発重戦闘機を求める声があったからである。

アメリカ陸軍の重爆撃機に対して零戦が非力であることはすでに証明されており、かといって艦政本部には、それに適切に対応する戦闘機がないことも事実だった。

そこに飛び込んできたのが、超技局が開発したこの双発重戦闘機だったのである。

試験飛行が行なわれて一発で採用が決まったが、製造速度は遅く、この日までに一一機がガダルカナル海軍基地に送られるにとどまっていた。

その名は『雷王』。

まさに奇遇だが、この日、日本とアメリカの〝雷〟が同時に、雷鳴をガダルカナルの空に轟(とどろ)かせたのであった。

ズドドドドッ！

ズガガガガッ！

八挺の一二・七ミリ機銃が一斉に吼えた。

零戦が右に機体を滑らせて、逃げる。

「ちっ。相変わらずゼロの野郎はちょこまかとうるせえ奴だな」

舌打ちをして、オドンネル少佐が操縦桿を右に倒す。

ウウウウ――――ン。

唸りながらP47が右に滑る。

そのときだった。

ズゴゴゴ――――――――――ン！

オドンネル機の背後で炸裂音。

振り返って「くそったれが！」と、オドンネルが悪態をついた。

部下が零戦を撃墜していたからだ。

オドンネルは日本で言う「一番槍」を狙っていたのだが、その名誉を奪われたというわけである。

「くそ、ふざけやがって。てめえがうぜえからだよ！」

零戦の背後に再び追いついたオドンネルは、憤懣の銃弾を叩き込んだ。

ズドドドドドドッ！

ズドドドドドドドドッ！

ズドドドドドドドドドドドッ！

憤怒を込めた銃弾が、零戦の機体に炸裂する。

ただでさえひ弱な零戦の機体が、ドグワァンと一瞬にして吹き飛んだ。

「ざまあみやがれってんだ！」

オドンネルの快哉が、P47『サンダーボルト』のコックピットに響いた。

「機長。ゼロじゃありません！」

副長が怪訝な声で言った。

「双発機？　陸攻か？」

機長がそう言うのも当たり前で、アメリカ兵は日本海軍が所有している双発機は陸攻しか知らないのだ。

しかし、そんなことがあるはずはない。

爆撃機に対して爆撃機を迎撃させるなどということは、どんなに常識のない飛行機乗りでもしない。

「陸攻よりも小型です。八機います」

「となりゃあ新型機か。まあ、いい。どうせジャップ機は高々度が苦手なんだ。あわてることはねえさ」

機長が、部下たちを落ち着かせるように言った。

「逃げる様子もないぜ」

山城一飛曹が言った。

「当然だろうな。アメ公にとって、こっちがなんだかわかりもしねえはずさ」

伊沢一飛曹の声に凄みがあるのは、それだけ『雷王』に自信を持っているからだ。

「そろそろ行くが、いいか」

「いつでもだ。ああ、くそっ。腕が鳴るぜ！」

伊沢の声が合図だったかのように、八機の『雷王』が左右に散開し、おのおのの獲物に向かって速度を上げた。


「速い」

副操縦士が最初に口にしたのは、それだ。

「嘘だろ」

機体上部の銃座にいた射手も、俊敏な敵機（『雷王』）の動きに驚きの声を上げた。

「こなくそーっ！」

恐怖を感じたのか、上部射手が思わず機銃のトリガーを引いていた。

ドドドドドッ！

銃弾の火炎列が、『雷王』に伸びる。

滑るように伸びて来たものの、火炎列は『雷王』をそれていった。
ズガガガガッ！
ズガガガガガッ！
『雷王』の機首固定の二〇ミリ機関砲が、吼えた。
バリバリバリッ！
二〇ミリ機関砲弾が、Ｂ25爆撃機の上部銃座のキャノピーを砕く。
「馬鹿野郎！　なにグズグズしてんだよ！」
上部射手が無線に叫ぶ。
ウゥ――――――ン。
Ｂ25のパイロットがあわてて機体を上昇させる。
「待ってました」
山城が言って、スロットルを引いた。
ブワァァ――――――ン！
『雷王』の二基のエンジンが唸り、猛烈に加速する。
そして、ちょうど『雷王』がＢ25の腹の下に潜った形になった。
「もらったぜ！」

叫ぶと同時に、伊沢が三〇ミリ連装機関砲を放った。

ズドドドドドドドドドドッ！

ズドドドドドドドドドドッ！

強烈な砲弾が、頑丈なＢ25の機体を裂く。

三〇ミリ砲弾が、燃料タンクを直撃していたのだ。

ズゴゴゴォ――――――――ン！

あれほど零戦をあざ笑っていたＢ25が、一瞬にして爆発したのだ。

それは、目撃した他のＢ25の乗組員にとっても信じられないことだった。

だが、それが事実であることを、彼らは身をもって知るのである。


「な、なに！　Ｂ25が攻撃を受けて二機が撃墜されただと！」

Ｂ25『ミッチェル』からの無線を受けたオドンネル少佐は、わけがわからなかったが、それでも愛機を急上昇させた。

「隊長。三機目がやられたようです」

部下の無線に、オドンネルは混乱した頭に冷静さを送ろうと息を吐いた。

Ｂ25が日本の攻撃機に撃墜されることなどさほどないのに、もうすでに三機が撃墜されていると言う。

それがまず、オドンネルには理解できない。

「す、すげえ野郎だ。俺たちの腹に潜り込んで、でっけえ砲を撃ち込んできやがる。見たことねえよ、こんな攻撃機。あ、撃たれ……」

無線はそこで、途切れた。

見たこともない攻撃機が、Ｂ25の腹に潜り込んで大型砲を撃ち込んでくる。

言葉は理解できるが、オドンネルにはイメージが湧かなかった。

そのとき、自分と同じように上昇している部下の機の横から、零戦が飛び出してくるのが見えた。

追ってくるスピードが零戦にはないはずなのだから、待ち伏せをしていたのかもしれない。

ズガガガガガッ！

ズドドドドドッ！

部下に追いすがった零戦が、砲撃した。

部下機の尾翼が吹き飛ぶ。Ｐ47が初めて零戦に撃墜された瞬間だ。

「くそっ！　何が起きてるんだ。どうなっちまってるんだ！」

部下を失い、待ち伏せまでされたオドンネルは、混乱した。

しかも上空では、Ｂ25がまた撃墜されている。

しかし、幸い待ち伏せはない。

というより、待ち伏せはオドンネルの誤解だった。

Ｐ47の初撃墜をした零戦は、形勢不利を悟って体勢を立て直すために上昇し、再度眼下の戦場に参加しようとしていたところに、たまたまＰ47が上昇してきただけなのである。

ズガガァ――――ン！

Ｂ25が爆発するのを見て、オドンネルは息を飲んだ。

同時に、Ｂ25たちを地獄に叩き込んだ双発機が見えた。

「あれか！　ちっ。鈍そうな機体じゃねえか。俺たちが来たからには、てめえらの自由にはさせねえぜ！」

怒号を上げて、オドンネルがスロットルを上げた。

「伊沢。あれが零戦隊をいたぶったアメ公の新型機のようだぜ」

「駄目だ。こっちの砲弾はもうほとんどねえ」

「俺のほうも同じだよ。なら、逃げるか」

「そうしよう。アメ公も速そうだが、こっちだってこれまでの戦闘機と一緒にされちゃ困るからな」

「よし、全機、撤退だ！」

山城が大きく翼をバンクさせた。

ウギュゥ――――ン。

『雷王』の双発エンジンが唸る。そして急降下に入った。


「逃がすか！」

オドンネルが追う。

ところが、鈍そうに見えた双発機ではあったが、オドンネルの予想を超えた。速いのだ。

「あ、あの野郎！」

オドンネルが信じられんとばかりに、呻いた。

「隊長。九時の方向に新しい敵です」

その言葉で、オドンネルは唾を飲んだ。

銃砲弾の残量計を見る。

初陣だとばかりに調子に乗ったのが災いしたのか、そう多くはない。

どんなに強力な攻撃機であっても、銃砲弾がなければ戦えない。

零戦にだって負けるだろう。

「オドンネル少佐。ひとまず戻ろう。Ｂ25は三機しか残っていない」

残ったＢ25からのその報告に、オドンネルは青ざめた。

九機のＢ25爆撃機が一度の戦いで撃墜されたことなど、これまでにはなかった。

それも、最強の掩護機に掩護されながらである。

むろん、Ｐ47がこれまでの戦闘機をはるかに凌駕(りょうが)していることは、失った機がわずかに一機であることと、零戦をおそらく一〇機前後叩き落としていることからも証明できた。

しかし、当然のことながら、オドンネルには勝利感はない。

いや、感じているのは敗北感だ。

なぜなら、主任務である掩護には、惨(みじ)めなほどに失敗したからである。

ガダルカナル海軍基地でも、手放しの勝利感はなかった。

『雷王』が敵爆撃部隊に十分以上に通用することはわかったが、アメリカ軍の新型戦闘機に対して零戦が、大人と子供ほどの差があることがわかったからである。

もし今日のようにアメリカ軍の新型戦闘機が爆撃機をほうっておかずピッタリと付き従っていた場合は、『雷王』の完勝という構図はあり得そうになかった。

もちろん、『雷王』にも敵の戦闘機と戦う能力はある。今までのP38『ライトニング』やP40『ウォーホーク』ならば、まったく問題はないだろう。

しかし、今日現われた新型戦闘機が相手の場合は、叩けぬことはないが、その分、爆撃機に対する攻撃が緩むことも間違いなかった。

それに、数の問題もあった。まだ『雷王』は八機しかないのである。

「こちらから攻勢をかけるしかないさ。幸い戻ってきた第八艦隊が戦力を増強しており、これと協力して南太平洋のアメリカ基地を叩くしかない」

基地司令の言葉には、南太平洋をめぐる戦いが次なる段階に進むことを暗示していた。

守りから攻勢へ。

今まで以上に激しい戦いになる。誰もがそう思っていた。

『3』

ソビエト連邦共和国共産党中央委員会書記長ヨシフ・スターリンは、飛行機に乗るのが嫌いだった。

革命運動で逮捕され、飛行機で護送中に、その飛行機が不時着、炎上したことがあるからだ。

スターリンはその隙(すき)に脱走したのだが、まさに死ぬ寸前にまで追い込まれたそのときの恐怖が未だに消えないのだ。

しかし、それを誰にも喋ったことはない。

スターリンは自分の弱みを人に見せることを嫌ったし、自分は完全なる人間であることをアピールしたかったという気持ちもある。

アメリカがソ連に対して援助支援を申し入れてきたのは、二週間前だった。

アメリカの狙いは見え透いている。

ソ連が大陸で動くことによって日本の戦力を南方から大陸に移動させることと、対独戦の支援であろう。

それはソ連にとっても悪いことではなかった。

無能な部下たちのおかげ（と、スターリンは思っていた）で政策は失敗し、ソ連経済が逼迫しているのは事実だったからだ。

だがその一方で、アメリカの口車に簡単に乗せられてたまるかという思いも、スターリンの胸底には深くある。

下手に支援を受ければ、これからのソ連はアメリカに頭が上がらなくなるだろう。世界を赤一色に塗り潰したいという遠大な野望を持つスターリンにとっては、それは絶対に避けなければならない方向であった。

迷った結果、スターリンはアメリカの申し入れを一度は断わっている。

「我々は、我々の力によって、独立を守り、祖国を守る」

アメリカもスターリンの思惑に気づいた。

そこで特使をソ連に送り、自分たちが決してソ連の独立をどうとか、恩に着せようとしているのではなく、純粋に人道的な立場に立って支援を申し出たのであることを説明させようとした。

スターリンは、特使が来ることはかまわないが、まずは事務レベルで話をするようにと、自分が直接特使に会うことを拒否した。

だから、アメリカの特使が来るという日に、スターリンはモスクワを離れた。

そのスターリンが渋々（しぶしぶ）、それも飛行機を使ってまでモスクワに戻ることにしたのは、特使としてアメリカの副大統領が来ることになったからであった。

さすがに役人風情を副大統領に会わせるわけにはいかないと、嫌いな飛行機に乗る決心をしたのである。

「まったく、アメリカというのは強引な国だな」

離陸する飛行機の中で、スターリンは雄弁だった。まさか、恐怖を紛（まぎ）らすためだとは誰も思わなかった。

「会うことは会うが、それは私がアメリカの支援を受け容れるということではない。いや、それどころか、副大統領に面と向かって拒否をすれば、いかなアメリカでももうごちゃごちゃとは言ってこまい」

スターリンは得意げに、言い続ける。

旅の中盤で、スターリンの乗る飛行機が激しく揺れた。スターリンは蒼白の顔を隠そうと、窓に張り付く。

しかし、それがかえって仇（あだ）となる。

スターリンの乗っているのは四発の旧型機だったが、そのエンジンの一基が火を噴いていたからだ。

スターリンの命令で、側近が操縦室に飛んでいった。近くの飛行場に緊急着陸させるためにである。

ところが、事態はもっと切迫していた。システムが破壊されており、着陸ができなかったのである。

高度三〇〇〇メートル。

スターリンが助かるには、ただ一つの方法しかなかった。パラシュートによる降下である。

しかし、スターリンはそれを拒否した。

いや、ギリギリまで飛行機の修理を行ない、パラシュート降下はその後の方法であると、主張したのだ。

無謀というより、異常だというべきだった。当然ながら、これによって側近たちもパラシュート降下することができなくなったのだ。

燃料はあと一時間が限度である。しかもエンジンの火はますます大きくなり、そのエンジンはすでに停止していた。

「書記長閣下。どうかパラシュートをお使いください。この飛行機はもう駄目です」

側近が泣くように、言った。彼とて死にたくはないからだ。

「ならば、お前は行くがいい。止めはしない」

癇癪を起こしたスターリンは、言い放った。

むろん、できるはずはない。もし降下して助かったとしても、反逆者として自分だけでなく家族も殺されるからだ。

高度は一五〇〇。眼下には街が広がっている。

ここでついに反逆者が出た。

兵士である。数人の兵士が、後部のドアからパラシュートで逃げていったのだ。

「あいつらを必ず殺せ！」

予想通りスターリンは烈火のごとくに怒り、絶叫した。

しかし、スターリンの呪縛はやがて解ける。

なぜなら、このまま行けばスターリンは確実に死ぬからだ。

当然、スターリンが死んでも反逆者の汚名は消えず殺されるかもしれないが、このまま死ぬよりも生き残る可能性はあった。

一人、二人、三人、四人……。

ここまでは兵士だけだったが、ついに側近の一人が決心する。彼にはパラシュート降下の経験はないため、兵士の助けを借りることになったが。

「貴様は死刑だ！　八つ裂きだ！」

まるで狂人と見まごうばかりのスターリンの言動に、人々は別の恐怖さえ感じた。

「書記長閣下。よろしいのですか。このままでは間違いなく書記長閣下はお亡くなりになります。もちろん私はお供するつもりでおりますが、もしそうなれば、反逆者たちに鉄槌を喰らわせることができません。それでもよろしいのですか」

側近のこの言葉が効いたのか、スターリンから興奮が薄らいだ。

「わかった。そうするしかないようだな」

やがてスターリンは、そう言った。

しかし、この判断は遅すぎた。

スターリンがパラシュートを付ける作業を行なっているときに、二基めのエンジンが爆発し、そのあおりで主翼がもげたのである。

高度一〇〇〇メートル。

バランスを失ったスターリンの搭乗機は、反転し、そのまま地上に激突して炎上した。

スターリンの遺骸は炭素化し、判別するのに数日かかった。

アメリカ副大統領は、なんの土産も持たず、帰国した。

『4』


信じられないことだが、その情報を大日本帝国の首相に伝えたのは在野の貿易商だった。

「間違いないのか」

東条英機は、握っている受話器が汗ばんでくるのを感じた。

「一〇〇パーセントとは、言いかねます。あの国は情報を隠すのが大好きで、政府要人死亡の情報はちょくちょく流れますからね」

かつての陸軍大佐、そして今は貿易商の吾郷弘敏が言った。

「しかし、わざわざ言ってきたということは、お前は精度が高いと判断したわけだな」

「アメリカの副大統領が来ていたらしいんです。スターリンと会うために。それが会わずに帰っています。

スターリンのことですから、土壇場になって会わないと言い出しかねない人物ですが、やはりここはスターリンの身に何か重大なことが起きたのだと考えるべきでしょう。そこにスターリンが飛行機事故で死亡した、という情報ですからね。まずは間違いないだろうと、考えたんですよ」

「スターリンが死んだ……よし、それはいい。スターリンの命など、この際どうでもいいからな。問題は、その後だ。誰が後継だ？」

「実に難しい問題です。ご承知のように、スターリンは後継者となりうる能力を持つ者をことごとく謀殺してきました。恐怖からです。その結果、生き残った連中には、さほど優秀な者は残っていません。誰もが五十歩百歩というのが現状です。正直、決め手がありません」

「少なくとも時間稼ぎはできそうだな。権力闘争をしながら我が国とことを構えようなどと考える者は、いないはずだ」

「油断はしないほうがいいですよ、首相。あの国を日本の物差しで測ると、痛い目に遭います。価値観が違うんですから」

「じゃあ、どうしろと……」

「パイプですよ。日本を目の敵(かたき)にしていたスターリンは、一応、不可侵条約にサインはしましたが、本音は違っていましたからね。部下たちに日本と接触させることはさせませんでした。しかし次の支配者次第では、パイプを繋ぐことができるかもしれません」

「それも結局、しばらくは静観ということになるのだろうな」

「準備は必要ですよ。誰になったら、誰を使うか、その程度のことは考えておかれたほうがいいかもしれません」

「お前はどうだ？」

「勘弁してください。いまさら政治家や役人や軍人に使われるのは嫌だと、この間も申し上げたはずです」

「意志は固いんだな」

「金剛石並みにです。では切ります」

「今回も報酬は……」

そこで、吾郷はフフっと笑った。

「日本がアメリカとの戦争をやめる。そうでも決心されたら、連絡をください。それなら高く売れますから。では」

吾郷が冗談のようなことを言って、電話を切った。

「ふん。そんな情報を、貿易商なんぞに教えるはずはないだろうが」

つぶやくように言った東条は、一度受話器を置き、すぐに受話器を上げた。

「私だ。まず参謀本部の連中を集めてくれ。その成り行き次第で、緊急閣議を招集することになるだろう」

受話器を置いた東条は目を閉じた。

ソ連が当面のカードを一枚失ったことは事実だろうが、安心はできない。

吾郷が言う通り、後継者によってはアメリカとの関係を築こうとする者がいることだって、ありえない話ではなかったのである。

「一難去ってまた一難、か」

東条は眼鏡を外し、目を指でグリグリと押した。

心地よく感じるのは、それだけ疲れている証拠だと誰かに言われたのを思い出した。

ただし、誰だったかまでは覚えていなかったし、どうでも良いことだった。


『5』

「マレンコフが後継の筆頭だというのだね」

国務省のソ連担当官を前に、ルーズベルト大統領が目を細めながら言った。

「スターリンの粛正を巧みに泳ぎ切った男ですが、それだけに強引さには欠けます。あまりに個性が強かったり、あまりに有能な人物を、スターリンは好きではありませんでしたから」

「なるほど。有能ではないから生き抜いたが、有能ではないから基盤も脆い。そういうことかな」

「お察しの通りです。しかし、それでは誰がマレンコフを上回るかというと、それは混沌としております」

「我が合衆国に対するマレンコフの考えは、どうなのかね？」

「それもスターリンの陰に隠れており、彼自身の積極的な声は聞けておりません」

「ちょっと厄介だな。スターリンがあまりに大きすぎて、マレンコフという人間の実像があやふやだということだね」

「それもその通りです、大統領閣下。私どもも、スターリンがこういう形で亡くなるとは思っていませんでしたので、マレンコフには目が届いていませんでした」

「それが怠慢というもんだよ。世界はいつだって動いているんだ。先を読めない人間は必要ないんだからね」

ピシリと言われたソ連担当官は、頭を深く落とした。

「まあ、いいだろう。ともあれマレンコフについて、今以上の情報が欲しい。もちろん、その他の連中の分も忘れんでほしいがね」

ソ連担当官が出て行った後、

「どうやら狂った歯車がうまく回転してくれないようだな、マイク」

「焦(あせ)ることはありませんよ。長期戦になれば、我が合衆国が日本に負けることなどあり得ませんからね」

マイク・ニューマン大統領補佐官が、慰めるように言った。

だが、ニューマンの本音は違う。

確かに、日本との戦争は、長期戦になれば勝てるというのは間違いない。しかし、大統領にとっては、短期戦でことを解決しないとまずい傾向が出てきていた。

世論とは常に移ろいやすく、わずかなことで態勢が一転する。そのことは、歴史を紐解くまでもないほどに明らかだ。

その不安材料が今、ルーズベルトの周囲をグルグルと回り始めていた。

突然のドスンという音に、ニューマン補佐官は見ていた書類から目を上げて振り返った。

「大統領閣下！」

ルーズベルトが車椅子から崩れ落ちて、荒い息をしていた。顔には苦悶の色が浮かんでいる。

ニューマンはルーズベルトに走り寄るなり、ネクタイを緩め、

「すぐに医者を呼びますから」

「内密にだよ、マイク。くれぐれも、内密だ」

「承知していますとも、大統領閣下」

ニューマンは笑いながら言って、うなずいた。

政治家にとって、健康問題は致命傷になりかねないものである。

「ああ、友人がちょっと寄ったという感じでお願いするよ、ドクター。ただし大至急だ」

電話を終えたニューマンは、ルーズベルトを寝かしてあるソファに向かった。

ハンカチを取り出して、額に浮いた汗を拭く。

「ありがとう、マイク。ありがとう」

消え入りそうな声で、ルーズベルトが言った。

（短期戦はおろか、大統領にはワンチャンスしか残されていないのだろうか……）

ニューマンの胸に、払っても払っても暗鬱(あんうつ)な思いが染み込んでくるようであった。

第六章　双胴型空母『アフロディーテ』

『1』

アフロディーテ級双胴型空母のネームシップ『アフロディーテ』が、サンディエゴ軍港の北方の海域を航走している。

基準排水量三万二〇〇〇トン、全長二五六メートル、全幅六二メートルは双胴型ならではの広さである。

その結果『アフロディーテ』は、一五〇機から一八〇機の航空機を搭載できた。

しかも、双胴型の特色を生かした最大速力は、四二ノットとアメリカ海軍空母一の韋駄天(いだてん)であった。

まだ搭載機は満杯ではなく、艦戦、雷撃、艦爆合わせて五〇機ほどで、これは試験用の搭載だった。

実際の出撃時には、キングが推奨した航空メーカー「エメラルド社」の開発した戦闘機エメラルドＦ10Ｆ『ヴァルキリー』が、主力艦上戦闘機として搭載されることが決まっていた。

Ｆ10Ｆ『ヴァルキリー』は、能力的にはグラマンＦ６Ｆ『ヘルキャット』とほぼ同等の能力を持っていたが、機体はその名（ヴァルキリーとは戦う乙女の意）が示す通り、Ｆ６Ｆ『ヘルキャット』に比べるとスマートであった。

Ｆ６Ｆ『ヘルキャット』に乗り慣れたパイロットたちの中には、こちらのほうが扱いやすいという者さえいる。

ただしスマートな分だけ、力強さではＦ６Ｆ『ヘルキャット』に劣り、馬力や速力が若干Ｆ６Ｆを下回っていた。

「問題はないね」

艦橋で艦長に内定しているエドモンド大佐と話しながら、「カーライズ造船」専務のドナルド・ハントが満足げにうなずいた。

アメリカ太平洋艦隊第16任務部隊に配属が決まっている『アフロディーテ』は、今月の末に搭載機を満載して、ハワイに向かうことが決まっていた。

ハントが、フーッと息を吐く。

考えてみれば、自分は実にツイていたと言えるだろう。

アーネスト・J・キング合衆国艦隊司令長官兼海軍作戦部長と会い、体当たりでぶつかって『アフロディーテ』発注にこぎ着け、すでに日本の巨大空母に匹敵する大きさを誇る巨大空母建造も始まっている。

「あとは結果を残すことだ」

ハントは一人うなずくと、サンディエゴの海に目を走らせた。

ただし、まったく問題がないかと言えば、実はそうではない。

前々から問題になっている「カーライズ造船」とキングの問題が、ワシントンで注目を浴びているのだ。

もちろんキングにも「カーライズ造船」にもハントにも、やましいところはなかったのだから、何も恐れることはない。

しかし、それがそうまく進まないのがビジネスの世界だ。有ること無いことをでっち上げて、成功者を引きずり下ろそうとすることなど日常茶飯事の世界なのである。

この日もハントは、その問題でワシントンに飛ぶことになっていた。ほうっておけば困った方向に進みかねないこの問題を、ワシントンの弁護士と相談するためである。

弁護士はこの手の問題の専門家で、実績もある。費用が少しかさむが、重役会で了承を得てあったから、ハントは心配していない。

心配というなら、キングのほうかもしれなかった。

近頃、キングが落ち着かないというのだ。

理由を問うと、

「お前さんとは関係ないことだから心配するな」

とキングは言うが、隠されるとよけいに気になるのが人情というものである。

気になったハントは、弁護士の伝で知った情報会社に、キングのこれまでの詳細を調べさせた。

若い頃に酒で起こした武勇伝の多さや、女性関係でいろいろと悶着を起こしていることには少し呆れたが、現在はそちらのほうで抱えているトラブルはない。というよりも、そちらでトラブルを起こす余裕など、今のキングにはないといったほうが正しいのだろう。

にもかかわらず悩んでいるということは、キングは少なくとも個人的なことではなく、職務上の問題で悩んでいるのだろう。

そんな中で浮かんできたのは、海軍長官フランク・ノックスだった。

キングとノックスの確執については、ハントも何度かキング自身から聞かされていたので、キングと近いハントをノックスが気に入らないのは当然だった。

キングも言う通り、ノックスが一時期ハントの「カーライズ造船」とキングについていろいろと策謀を巡らしたらしいのも事実だ。

しかしそれも、今は収まっている。

「やれやれ、結局はその問題も『アフロディーテ』が解決してくれるだろう。『アフロディーテ』は必ずカーライズ造船の女神になってくれるはずだからな」

空港に向かう車の中で、ハントはそんな風に思っていた。

ところが、ハントのそんな夢を破壊する艦隊がサンディエゴに迫っていることなど、それこそ彼は夢にも思っていなかった。


『2』

横須賀を発ってすでに三週間が経っている。

数カ月前、『大和』超武装艦隊は、アメリカ太平洋艦隊の増援艦隊を殲滅すべく、東太平洋まで苦難の航海をしたことがあった。

敵の庭に侵入するという前代未聞の作戦だったが、今回の作戦はそれを超えている。

敵の庭を突っ切り、母屋に攻撃をかけようというのだ。

すなわち、サンディエゴ基地への空襲。

それはまさに、これまでの作戦のどれよりも危険で、難しい作戦であった。

「長官。東北東に敵潜水艦です」

「距離は？」

「一万二〇〇〇」

「『伊九〇二』とは真逆だな」

「駆逐艦を使うしかありませんね」

『大和』超武装艦隊参謀長仙石隆太郎大佐が、キッパリと言った。

「急がせてくれ。浮上でもしてこちらを発見されたら厄介なことになる」

竜胆啓太司令長官が、鋭く言った。

敵潜水艦との遭遇は、これが初めてではない。

三週間のうちに、二度あった。

一度目は『黒鮫』こと『伊九〇一号』潜水艦が撃沈し、二度目は距離が離れていたこともあってこちらに気づかずに去っていった。

「三度目の正直だ。心してかかるように」

竜胆が言った。


敵潜水艦殲滅を命じられたのは、毘沙門型駆逐艦の『久美浜（くみはま）』『余呉（よご）』である。

囮（おとり）戦隊に配属されている白雉型駆逐艦をベースにしたその上位艦であった。

基準排水量二八〇〇トン、全長一一八メートル、最大幅一一・五メートル、最大速力は四六ノットとなかなかの速力を誇っている駆逐艦である。

兵装は、一二・七センチ連装高角砲四基八門、二五ミリ三連装機銃六基一八挺、一三ミリ機銃四基四挺、新型魚雷発射管四門、爆雷一六である。

『大和』超武装艦隊のいずれの艦も持っている高性能の水中聴音機と水中探信儀で、敵のおおよその位置はわかっていた。

問題は、こちらが接近したときに浮上をされることだ。

姿を見られれば当然、無線連絡をされ、『大和』超武装艦隊であるかどうかはともかく、この海域に日本艦隊がいることがばれてしまうだろう。

それこそが最悪の結果だった。

「艦長。敵さんはこっちに気づいているのでしょうかね」

聞いたのは、航海長の根岸大尉である。

「距離一万二〇〇〇。微妙なところだな。近頃では敵さんの水中兵器も性能が上がっているようだから、気づいている可能性はあるな」

『久美浜』駆逐艦長の春日少佐が、目を細めた。

距離一万二〇〇〇メートルは、毘沙門型の最高速力四六ノットならわずかに七、八分だ。

(じっとしていてくれ。一五分もあれば、敵潜水艦を爆雷の餌食にできる)

「気づいているようです。距離はさほど変わりませんが、深度九〇です」

水測士が言った。

「ありがたい。潜っていてくれるなら無線を打たれる恐れが無くなるし、こっちの水中兵器なら逃がすことはあり得ないからな」

春日の顔にホッとした色が浮かんだ。

一〇分後。

「艦長。『余呉』が来ます」

二つの駆逐艦は、互いに手旗信号で連絡を取りながら、敵が潜んでいる海底に爆雷を叩き込んだ。

両艦で合わせて一六個の爆雷が撃ち込まれた。

やがて海底から、ズン。ズズズンと鈍い炸裂音が聞こえた。

そしてついにそれまでとは違う強い炸裂音が、水測士の耳に飛び込んだ来た。

「命中です！　二発、三発……」

そこまで言って、水測士がレシーバを離した。

命中を受けた潜水艦自身が爆発を起こしたのだ。

高性能の水中聴音機だけに、まともにレシーバで聞いていられないのである。

数分後、海面に燃料の黒い重油と潜水艦に艦載されていた慰留物が、次々と浮かんできた。

それを確かめるなり、二隻の駆逐艦は再び速力を上げて本隊に急いだ。

「やれやれでしたね」

『久美浜』と『余呉』から「敵潜水艦撃沈せり」の報告を受けた仙石参謀長は、胸を撫で下ろした。

この航海は、強力な艦隊でなければ遂行は不可能だ。しかし、艦隊の力だけでは、それをなし得ることは不可能であろう。

「運だ」

竜胆長官は、言い切った。

本来、竜胆は、運とかツキなどを嫌う。それに頼りすぎると人間は努力を怠(おこた)るからだ。

しかし、だからと言って、竜胆が運とかツキとかいうものを頭から否定しているということではない。

「敵の庭にいる以上、俺たちはいつだって敵に発見される可能性がある。全力でその芽は摘むが、それにも限界があるさ。例えば敵の偵察機に発見されたらそれで終わりだしな」

「そのときはどうされますか」

聞いたのは若い従兵だ。

「命を捨ててサンディエゴに一気に走るだけさ。当然、敵の艦隊が防衛に押し寄せてくるだろうが、そのときは死にものぐるいで戦うしかない。それが俺たちに与えられた任務だよ」

話の内容はすごいのだが、竜胆のように軽快に喋ると、その内容まで軽くなったような気がしたと、後でその従兵は同僚に語った。

七月二〇日。

『大和』超武装艦隊は、サンディエゴ軍港まで三〇〇カイリにいた。

まず動いたのは『丹号』潜水部隊である。

続いて出撃したのは、三隻の空母に搭載されていた四艇（『大和』のみ二艇）のエアクッション艇『翔亀』だった。

この日は超魚雷『豪気』ではなく、フリッツ・アルベルト・トーマ博士の開発したロケット兵器の『煉火』が、四艇の甲板に搭載されていた。

最後に出撃したのは、航空部隊である。ジェット艦上戦闘機『天風』が先頭なのは言うまでもない。

珍しく、『天風』の腹には二五〇キロ爆弾があった。

少しでも大きな打撃をアメリカに与えてやるという、竜胆の考えだった。

続いて三六機の零戦、四二機の九九式艦爆、四〇機の九七式艦攻（雷装二〇、爆装二〇）、そしてトリは八機の零式艦攻であった。

サンディエゴ基地のレーダーが不審な機影を映し出したのは、現地時間の午前二時である。

「今夜ここを飛ぶと聞いてるか」

「聞いてねえけど、どうせ海軍の阿呆（あほう）パイロットが、女でも乗せて喜んでるんじゃねえか」

〈ハワイ作戦〉のときとまるで同じように、基地のレーダー係は、それが日本軍のものであるなどとはわずかにも思わなかった。

アメリカ軍の庭である東太平洋を、日本の艦隊がノコノコやってくるなどとは、ハワイのとき以上に考えなかったのである。

また、レーダー係が言ったように、酒に酔った海軍航空兵が女と空のデートを楽しむという前代未聞の事件が二日前にあった。そのことが、レーダー係から報告の義務を奪ったのである。

「着いたぜ」

眼下を見ながら『天風』コックピット内の市江田一樹中尉が、言った。

「まずは爆弾を降ろして楽になりましょうや」

答えたのは、天風隊第二小隊長新垣守少尉である。

「よし、やるぞ」

市江田はそう言うと、一気に急降下に入った。

目前に迫ってくるのは、滑走路にズラリと並べられたアメリカ陸軍航空部隊の航空機軍だった。

ガダルカナル海軍航空部隊を苦しめたリパブリックP47『サンダーボルト』の姿もあるが、市江田らはまだ未見だった。

ヒュン！

ヒュン！

ヒュン！

八機の『天風』が、まるで急降下爆撃機のような見事な急降下爆撃を披露する。

ズゴォンッ！

ズガガァアン！

ズババァンッ！

狙い違わず、八個の二五〇キロ爆弾がアメリカ陸軍の戦闘機を粉砕した。

爆発音に驚いたアメリカ兵士が、バラバラと宿舎から飛び出してくる。

何が起きているのか、まだ理解できている者はなかった。

ただ、真っ赤な炎に包まれて黒煙を上げている航空機が目の前にあることは事実だった。

急降下からいったん上空に戻った天風隊は、そこで反転して再度滑走路上空に戻るやいなや、並ぶ航空機めがけて七・七ミリ機銃で機銃掃射を敢行した。

ガガガガガッ！

ガガガガガッ！

ガガガガガッ！

機体や主翼を撃ち抜かれた戦闘機が、破片を吹き上げる。車輪を破壊されて前のめりに沈み込む機体もあった。

ズドドドドドドドッ！

ズドドドドドドドッ！

掃射音がガガガからズドドに変わったのは、七・七ミリ機銃から二〇ミリ機関砲に変わったからだ。

滑走路の隅に、重爆撃機を発見したからである。

重爆撃機を射抜くには、機銃弾は通用しない。二〇ミリ機関砲弾が必要なのである。

とにかく攻撃を受けていることだけはわかったパイロットたちが、必死の形相(ぎょうそう)で無傷の攻撃機に向かって走った。

その中の何人かは、攻撃を加えている攻撃機にプロペラがないことに気づいた。

そしてまたその中の何人かが、ジェット戦闘機は日本軍しか持っていないことに思い当たり、攻撃機を睨んで、そこに日の丸を見た。

「ジャップだ！　ジャップの攻撃だ！」

彼が叫んだ。

多くのパイロットたちが、「えっ」とばかりに上空を見る。

「グズグズするな！　ジャップだ！　ジャップだぞ！」

何人かのパイロットたちが、まだ無傷の戦闘機に飛び乗る。

しかしあいにくにもそれは旧型の、数日後には移動が決まっているカーチスＰ40『ウォーホーク』だった。

無知は、恐怖の異名である。

この日、サンディエゴ港に停泊していたのは、双胴型空母『アフロディーテ』と共に増援としてハワイに向かう予定だった二隻の軽空母、八隻の護衛空母、三隻の重巡、二隻の軽巡、そして一二隻の駆逐艦だった。

井口淳三郎（じゅんざぶろう）少佐が指揮する零式艦攻が、見事なタイミングで魚雷を叩き込んでゆく。

走っている艦艇にでも見事な腕を見せる零式艦攻隊にとって、止まっている艦は外すほうが難しいほどだった。

ズドドド――――――ン！

ズゴゴ――――――――ン！

ズガガガ――――――――――ンッ！

あっという間に集中攻撃を受けた軽空母が、火だるまになって横たわる。

アメリカ軍の艦艇群が反撃の対空砲火を始めたのは、二隻目の軽空母が大音響で炸裂したときであった。

ダダダダダダッ！

ババババババッ！

対空砲火は激しくなるが、照準を合わせて発射されたのは数えるほどしかない。

燃えさかる軽空母が噴き出している黒煙が、港を包み込もうとしていたからだ。

続いて、爆装した九七式艦攻が、ズラリと並ぶ護衛空母に襲いかかった。

他の九七式艦攻は、軍事施設や港湾施設を破壊する。

グバババ――――――――ン！

大音響を上げたのは、港の奥にあった燃料タンクだ。百数十メートルの火柱が上がり、まき散らされた炎が周囲の建物を焦（こ）がして破壊してゆく。

同じ頃、陸軍基地を葬（ほうむ）り去った天風隊が格闘戦を繰り広げていた。

だがそれは、見ようによってはなぶり殺しだったと言える。最強の戦闘機『天風』に戦いを挑むには、Ｐ40『ウォーホーク』ではあまりにも非力すぎたからだ。

しかし、市江田たちはまったく遠慮をする気はなかった。

戦場での同情は、侮蔑と同義なのだ。

ズガガガガガッ！

ガガガッ！

呵責（かしゃく）のない機銃攻撃が、哀れなＰ40を襲う。

Ｐ40は空中で炸裂するか、あるいは炎の滑走路に叩き落とされて悶絶する。

時間にして二〇分。すでに陸軍航空部隊の基地内で飛ぶことのできるのは、攻撃によってねぐらを失った鳥たちだけだった。

双胴型空母『アフロディーテ』は、サンディエゴ港から少し離れた「カーライズ造船所」のドックにあった。

飛行甲板には、今日積み込みが終わったばかりの六〇機のエメラルドF10F『ヴァルキリー』が並んでいる。

サンディエゴ湾が日本軍の攻撃を受けて壊滅しつつあると聞かされたエドモンド大佐は、己が艦長になることが決まっている『アフロディーテ』が出撃可能であることを海軍基地司令に進言した。

陸軍航空基地に続いて、日本海軍の急降下爆撃隊に襲われた海軍航空基地も今や不随状態にあり、海軍基地司令は迷うことなく『アフロディーテ』の出撃を許可した。

外海に出た『アフロディーテ』から、三二機のF10F『ヴァルキリー』が出撃する。

「隊長。電探を見てください」

市江田機の無線に新垣少尉の声が届く。

市江田が急いで電波探信儀のブラウン管を見た。

「ほーっ。こんなの、どこにいたんだよ」

ブラウン管の機影を見て、市江田が楽しそうに言った。

「銃砲弾はどうですか」

「多くはねえが、艦攻と艦爆の護衛に行っている零戦隊が来るまではどうにかやれそうだぜ。なあに、いざとなったら三十六計さ。この電探では敵さんがなんだかわからんが、『天風』に追いつける戦闘機はあちらさんにはないからな」

「じゃあ、やりますか」

「おいおい、新垣。そっちはあるのかよ、弾」

「こっちもぼちぼちですよ」

新垣の声も楽しそうだ。

頼もしい奴らだと思うが、もちろん市江田はおくびにも出さない。照れ屋なのである。

「しゃあねえな」

言ってから、市江田は部下たちに銃砲弾の残量を確かめさせた。

多くはないがなんとかやれる。それが全員の答えだった。

無茶はさせたくないとは思うが、止めてもどうせ無茶はする。自分も含めて、そんな連中ばかりなのだ。

「ここまで来て中途半端じゃ、帰れんもんな」

市江田が言うと、全員が翼をバンクさせた。

次の瞬間、市江田がついてこいとばかりにスロットルを開け、新たな敵に向かって愛機を走らせた。


アメリカ海軍航空基地を襲った艦爆部隊の護衛零戦部隊を指揮していたのは、『大和』飛行隊分隊長の綾部中也中尉である。

綾部も本当は『天風』乗りに志願していたが、そうなると零戦部隊の指揮官がいなくなるため、泣く泣く零戦に乗っていた。

「ちっ。これ以上、天風隊だけにおいしいとこ持っていかせられるかよ」

艦爆部隊が任された海軍航空基地は、すでに壊滅しており、部隊は帰路につこうとしていた。

綾部が艦爆部隊の指揮官小西雅之中佐に許可を求めると、

「行ってこい。どう見ても艦爆に襲いかかってくる敵はいそうにないからな」

小西は笑って、許可した。

Ｆ10Ｆ『ヴァルキリー』隊の指揮をするのは、デュパール少尉である。ベテランパイロットの彼は、Ｆ６Ｆ『ヘルキャット』にも乗っていた人物である。

性格的に傲慢（ごうまん）なところがあるが、腕は良かった。

ただし『天風』との遭遇経験はない。

「まさか、あれがジェット戦闘機ってやつか」

さすがにベテランらしく、すぐに気がついたデュパール少尉は、編隊を小隊ごとに散開させた。

強敵に対する常套（じょうとう）手段である「ヒット・エンド・ラン」戦法を行なおうと考えたのだ。

それは間違っていないだろう。

どのみち一対一の格闘戦などというものは、『天風』に対して通じるはずはないのである。

それでも、相手が悪すぎた。

あらゆる点でF10F『ヴァルキリー』に勝る『天風』には、「ヒット・エンド・ラン」戦法もまた通じなかったのである。

デュパール少尉がそれを知っているはずもなかった。

頭上を見上げて、そこにいるF10F『ヴァルキリー』を見た市江田は細く笑った。

周囲の上空には、小隊と思われる数機のF10Fが接近してきている。

頭上の敵が攻撃を仕掛けて成功すれば良し、失敗したらそのまま急降下で逃げる。

追ってきても、軟弱な日本軍機は高速での急降下が苦手だから追走は諦めなければならない。

その隙に別の味方が日本軍機の背後に回れるし、追ってこないのなら、またまた別の機が頭上から攻撃を仕掛ける。

それが「ヒット・エンド・ラン」戦法であった。

が、それは、確かに防御がひ弱で高速急降下が苦手な零戦にならば通用する作戦であったが、急降下爆撃機並みの高速急降下にも難なく耐えることのできる『天風』にはまったく意味をなさなかった。

頭上から攻撃を仕掛けるべく急降下に入ったF10Fのパイロットは、それを瞬時に我が身で知った。

降下に入ったとたん、彼は『天風』の七・七ミリ機銃掃射で吹き飛ばされたからだ。

『天風』を追走したＦ10Ｆにも、衝撃が待っていた。

これまでだったら、いとも容易く追いつけるはずの日本機に、あっという間に引き離されてしまうのだ。

「そんな！」

追走していた若いパイロットは、若いだけに狼狽した。

そして見た。自分の機よりもはるかに速い速度で降下していた日本機が、見事な宙返りをして急上昇してくるのを。

狼狽は、恐怖に変わった。

信じられぬものを見たとき、人間は本能的に恐怖を感じるのだ。

若いパイロットは、逃げたい一心で愛機を宙返りさせようとした。

しかし予想以上の高速のためか、旋回半径は大きくなる。

激しいＧが若いパイロットを襲う。

どうにか水平飛行に戻ったとき、若いパイロットは凍り付いた。

背後に、日本機がいたのだ。

ガガガガガッ！

市江田の放った七・七ミリ機銃弾は、Ｆ10Ｆ『ヴァルキリー』の水平尾翼を砕いていた。

バランスを失ったＦ10Ｆは、身もだえするように錐(きり)もみをしながら海へと落ちていった。

「隊長。弾、無くなりました。逃げます」

新垣の声が聞こえた。

市江田も新垣に倣(なら)う。他の連中も同じ気持ちらしく、愛機を滑らせた。

ただし、ただ逃げたわけではない。

ベテランらしく、デュパールは日本軍機のその行動を訝(いぶか)しんだ。

あれほど力の差があったのに、なぜ逃げ出すのか。

そして気づいた。

（弾丸だ。あいつら弾丸が尽きたんだ。そうか、別の場所を攻撃してきて、その途中で俺たちと遭遇したから、戦えるだけ戦って逃げようというわけか）

気づいたのはデュパールだけではなかったようで、デュパール隊の数機が日本機を追った。

「無駄だな」

デュパールは口に出して言った。

敵機の先ほどの速度を見れば、追いつけるはずはなかった。

「戻れ！」

デュパールが無線で命じた。

何機かには命令が通じたが、何機かには通じなかった。

そのときだ。

「た、隊長！　ゼロです。ゼロの大軍……」

無線がそこで切れた。

「くそっ。そういうことだったのか！　逃げると見せかけて誘い込んだんだな」

デュパールが、声を絞る。

しかし零戦なら戦えるし、追っていった部下を見殺しにはできないと思ったデュパールは、スロットを開けた。

「一番、二番、発射準備よし」

魚雷室からの連絡に、『丹一号』潜水艦長福島四郎中佐が魚雷の発射を命じた。目標は、港から離れようともがいている護衛空母である。

シュワン。

シュワン。

二基の魚雷が、海中に躍り出るなり回転を始めたスクリューで、真っ白い小さな泡を作った。

護衛空母の乗員誰もが、魚雷の接近を知った。

しかし、それだけのことだった。

左右に沈没しかけている僚艦がいるために、この護衛空母にできることは後退だけだったのだ。そして後退とは、魚雷がやってくる方向に他ならなかったのである。

ズドッド――――――ン！

艦尾に二発の魚雷を受けた護衛空母が、噴き上げられた水柱にいったん姿を隠した。

そして水柱が落ちたあとに姿を現わした護衛空母は、艦尾からゆっくりと海底に飲み込まれてゆくところであった。

であった。

翔亀隊の指揮を執るのは、内地で翔亀隊の訓練中から参加していた熊谷薫（くまがいかおる）少佐
もともとは水雷屋だったが、駆逐艦長に内定していたのをなぜかこちらに引き抜かれたという話である。

陽気な性格から、

「駆逐艦長に未練があるのではありませんか。『翔亀』は一応、艦種としては魚雷艇らしいですから」

という部下の問いにも笑顔で、

「その代わり、四隻のトップだからそれも悪くねえさ」

と答えている。

意外に研究熱心な男で、『翔亀』の新しい運用などにも興味を示していた。

「発射準備、よろし」

「よっしゃ。一号艇から四号艇まで、間隔は三秒、射（て）――――っ！」


「これより電波照射」

四隻の『翔亀』の無線に、上空にいる九七式艦攻からの連絡が届いた。

熊谷の合図で、『翔亀』の甲板に直立していた『煉火』が、排出口からオレンジ色の炎を噴き出しながら徐々に上昇して行く。

グオオオッ――――――――――――ッ。

数十メートルまではゆっくりとした動きだった『煉火』だが、それを超えたところで一気に速度を上げた。

四基の誘導弾がすさまじい速度で向かっている先は、双胴型空母『アフロディーテ』であった。

その『アフロディーテ』の飛行甲板では、F10F『ヴァルキリー』の第二陣の準備が行なわれていた。

それは突然起こった。

ズガガガガ――――――――――――ン！

飛行甲板が突如爆発し、準備中のF10Fが数機吹っ飛んだのである。

何が起きているか、誰にもわからなかった。

そして、二度目、三度目、四度目と同じようなものすごい爆発が起こり、『アフロディーテ』は瞬時にして猛火に包まれた。

それはなんだったのか、その現場にいた者たちでさえもが、それを正確に説明できなかった。

あまりにも一瞬の出来事のため、『アフロディーテ」が早く沈没して生存者が少なかったことも、この『アフロディーテ』撃沈の真相究明が遅れた理由だった。

『大和』の艦内は興奮のるつぼだった。たった一つ、艦橋を除いて。

『大和』超武装艦隊が、サンディエゴ沖合から転蛇したのは二時間後だった。

「始まったな」

竜胆長官が、矛盾した言い方をした。

「そうですね。始まりましたね」

仙石参謀長が、同じように応じた。

「一割だそうだ。無事に帰還できるのは」

竜胆が意識的に明るく言う。

「ゼロじゃないんですね」

牧原俊英航空参謀も、こともなげに言う。

「まず、ハワイですか」

『大和』艦長柊大佐が、つぶやくように言った。

「敵も必死でしょうね」

これは、小原通信参謀だった。

「母屋（おもや）を攻撃されたんだからな。これまで以上に挑みかかってきて当然だろうさ」

仙石が、意識的にだろうか、笑みを浮かべて言った。

「さあ、手の空いた者は少し休め。徹底的に叩いたつもりだが、サンディエゴからの追撃がないと決まったわけじゃない」

竜胆の言葉に、何人かが艦橋から出て行った。

「参謀長。君も休め。後で俺と替わってもらわねばならないんだから」

「ええ。わかっているんですがね。まだ若いんでしょうか、興奮が冷めません」

「困った奴だな」

それでも竜胆は、それ以上は仙石に強（し）いることはしなかった。

ひょっとすると、竜胆も話し相手が欲しかったのかもしれない。

「長官。アメリカは折れますかね」

「折れてくれないと困る。これ以上の作戦と言ったら、それこそワシントンに乗り込むぐらいしか思いつかんよ」

「山本閣下ならやりかねませんね」

仙石が苦笑した。

「まったくだな」

竜胆がつられたように笑った。

そこで、沈黙が落ちた。

仙石は急激に疲労を感じ、艦橋を出た。

「さすがにワシントンまでは勘弁してほしいな」

仙石が、小さく言った。

「しかし、うちの長官はやれと言われればやるんだろうな。そして俺は……俺はついて行くんだろうな」

そんな自分がおかしかったのか、仙石はくすりと笑った。

「それに、無事に内地に帰れるかどうかもわからないのにな」

仙石はもう一度笑うと、歩き出した。


『3』

「信じられん。信じられんことだ」

アメリカ太平洋艦隊司令長官チェスター・W・ニミッツ大将は、先ほどから同じ言葉を繰り返していた。

もちろん、『大和』超武装艦隊による〈サンディエゴ攻撃〉のことである。

この作戦は、アメリカ軍が一度成功させた〈日本本土爆撃作戦〉と形的には似ていたが、実はまったく別の形をした作戦だった。

あえて言えば、〈パールハーバー奇襲作戦〉の延長線上にあるような作戦であろう。

とはいえ、アメリカ国民が受ける衝撃はパールハーバー以上であることは間違いない。

アメリカという国はそう長い歴史はないが、まだ一度も本土を敵に直接攻撃されたことがない国なのである。

世論がどう動くか……。

ニミッツにもまったく読めなかった。

「マイルス。あいつらだ。0艦隊だな」

アメリカ太平洋艦隊第16任務部隊指揮官ウィリアム・F・ハルゼー中将は、体を震わせて激怒していた。

自らが他国の本土を爆撃しておきながら、自分の祖国が攻撃されると身が震えるほどに怒り、そして震えた。

これまでの戦いは、他国での戦いだった。ハワイは確かに合衆国の一部ではあるが、祖国という感じとはほど遠い場所だ。オーストラリアはなおさらだろう。

しかしサンディエゴは、違う。彼の生まれた土地と繋がっているのだ。車を使えば、彼の生まれた家の玄関に着くのだ。

「報復かな、日本の……」

「たぶん、そういう意識はないと思います」

「うん。ともあれ、ほうってはおけんな。あいつらが帰ってくる。このハワイの近くを通り過ぎるつもりなんだ。だが、それはさせない」

「ええ。必ず撃破しない限り、国民は黙っていないはずです」

「スプルーアンスも呼ぼう。この広い太平洋であいつらを見つけるのは簡単なことではない。味方は多いほうがいい」

「ニミッツ長官がお許しになるでしょうか。これに乗じてガダルカナルやラバウル、そしてニューギニアでも新たな動きがあるかもしれません。それを無視してスプルーアンス少将を呼び戻せることができるでしょうか」

ブローニング参謀長は、首を捻った。

もちろんブローニングとて、スプルーアンス少将が戻ってきてくれるのならば、それに越したことはない。そうすれば、東太平洋を半分に割れるからだ。

しかし難しいというのが、本当のところだろう。

ブローニングは、常に冷静で理知的なスプルーアンスの顔を脳裏に描いた。

尊敬もしているし、親しくしてもらっていることに感謝もしていた。

とはいえ、ハルゼーに感じるような親しみのようなものを、スプルーアンスに感じたことは一度もない。

だが今は、スプルーアンスがとても懐かしく感じられた。横にいてくれたら、ずいぶんと心強いだろうと思った。

（私は弱気になっているのだろうか）

ブローニングは自問した。

そうだという気もしたし、違うような感じもした。

（ともあれ明日から、私の仕事は一つだ。敵０艦隊への報復。それだけだ）

ブローニングはゆっくりと拳を固めた。

『4』


アメリカ合衆国第三二代大統領フランクリン・デラノ・ルーズベルトは、全身から力が抜けていくような無力感にさいなまれていた。

それはあってはならないことだった。許してはならないことだった。

しかし、起きてしまったのである。

ジャップどもは、アメリカのパンドラの箱を開けてしまったのだ。

ルーズベルトはこれから起こることが予想できたし、予想したくなかった。

心臓が疼(うず)いていた。痛みというより、圧迫感だ。

心臓が押し出す血液が体中に回っていかず、心臓の中だけでグルグルと回っているような気がした。

突然に、誰かが呼んでいることに気づいた。

目が開いた。

マイクだ。親友のマイクだった。

自分を理解し、自分を補佐してくれたそのマイクが呼んでいる。

起きあがろうとしたが、体に力が入らず意識も切れ切れだ。

助けてくれ、マイク。

私だ。アメリカ合衆国第三二代大統領フランクリン・デラノ・ルーズベルトだ。世界をリードし、合衆国を世界の頂点に、世界の支配者にした偉大な大統領だ。その私が今、国民から弾劾されようとしている。無視されようとしている。マイク。マイク・ニューマン大統領補佐官。私を助けてくれ！


「再起は無理だとおっしゃるんですな、ドクター」

マイク・ニューマン大統領補佐官は、ソファに寝かされているルーズベルトの腕から鎮静剤の注射を抜いた医師を見た。

「何度も申し上げたはずです。これ以上、激務である大統領の椅子に座り続けるなら、命の保証はできかねると」

「ええ、はい。それはお聞きしました。しかし、大統領にとって大統領の椅子から離れることは、やはり死を意味しているのです。おわかりいただけませんか」

医師は少し考えてから、

「私にはわかりません。私は、死と医師の言葉とどちらを選ぶかと言われたら、ためらうことなく医師の言葉を選びます」

「なるほど」

「もうよろしいですか」

「ありがとうございます。また、なにぶん、このことは」

「医者には患者の秘密を守る義務があります」

そう言って、医者は立ち上がった。

「先生」

「は？」

「ありがとうございました」

「先ほどおうかがいしましたのに」

「ああ、そうでしたね」

医師が出て行った。

ニューマン大統領補佐官は、薬で眠るルーズベルトをしばらく見ていたが、やがて立ち上がると受話器を取った。

「副大統領を大統領の執務室に……ああ、お一人で来るようにと、必ずお一人でと」

受話器を置いたニューマンは大きく息を吐いた。

「大統領閣下。もうお休みになれる時間かもしれません。残酷ですが、合衆国は病人を大統領にはしておかないでしょうから……残念です。本当に残念です」

「なに？　副大統領が私に会いたいと？　用件は何かね。な、なんだって！　そうか、わかった。すぐに行こう」

共和党の実力者ハミルトン・フィッシュ議員は、受話器を置くと考え深げに目を細めた。

「ルーズベルトが引退する。時代が動く、ということか……」

フィッシュは事務所の窓を開けた。

数日前の熱さは今日は収まり、外は心地よい風が吹いていた。

「副大統領……か。彼はルーズベルトに比べればずっと小物だし、民主党内の基盤も弱い。私の動き次第で、彼の座は危ういということか……」

フィッシュがデスクの上の写真立てを持った。

写真立ての中には、非業(ひごう)の最期を遂げた友人バーナービ・ロナバルド議員が笑っていた。

「ロナバルド。だから焦(あせ)るなと言ったんだ。こんな日が必ず来ると信じていれば、君は死ぬ必要がなかったんだ……」

写真を戻したハミルトン・フィッシュ議員は、ホワイト・ハウスに向かった。

『5』

ハルゼーの第16任務部隊がパールハーバー基地を出てから、二日が経っていた。

「敵0艦隊は、南太平洋に向かうのではないでしょうか」

それがブローニング参謀長の出した結論だった。

深い根拠があったわけではない。強いて言うなら、自分ならそうするだろうという気持ちからだ。

そしてそれは、当たった。

「日本艦隊です」

「マイルス。当たったぞ！」

「はい。攻撃しましょう」

「敵は、軽巡一、駆逐艦四、輸送船六のもよう」

「なに！　違う！　それは違う。ああ、なんてこった。最後の最後まで騙されたのか」

「それは例の囮艦隊だな」

「ええ、そうですよ。その囮艦隊です」

「提督。攻撃しますか」

　作戦参謀が聞いた。

「馬鹿を言うな。そんな雑魚（ざこ）を攻撃してなんになる。北だ！　北上する。追うんだ！　追って、追って、追いまくるんだ！」


「やはり攻撃はしてこないようですね」

　囮戦隊先任参謀小川寛二（かんじ）少佐が楽しそうに言った。

　電探が敵の偵察機を捉えてから二時間が経つ。攻撃してくるのなら、もうとっくに来ているはずだ。

「こんなちっぽけな囮艦隊、いまさら蹴散らしてもアメリカ太平洋艦隊にとっては自慢にもならんものな」

　囮戦隊司令官の篠田（しのだ）一正（かずまさ）少将が、会心の笑みを浮かべた。

「しかし、正直に言って、私どもにいつもの仕事させてくださいとこの作戦を竜胆長官におっしゃられたときは、肝を潰しました。アメリカ艦隊が私たちを見ても攻撃を仕掛けてこない、という自信は司令官ほどありませんでしたから」

「俺だって一〇〇パーセントあったわけじゃない。だから我が戦隊と本隊の距離をいくらに取るかを一番考えたよ。遠いと、それこそアメリカ艦隊が攻撃を仕掛けてきたとき本隊に助けてもらい損ねる。かと言ってあまり近くでは、うちの発見と同時に本隊も発見されかねないからな」

「そういうことですね」

「ようし、それでは本隊と合流しよう。こっちの位置はどうせ敵に知られているんだから、いくら無線を使っても問題ない」

「わかりました」

「囮戦隊から無線です。アメリカ艦隊北上す。以上です」

「うまくいったようですね」

「ああ」

「しかし、長官。篠田司令官の作戦をよく承諾されましたね。囮戦隊が攻撃される可能性はゼロではなかったんですから。『天風』をはじめとした攻撃部隊をいつでも出せる状態にはしてありましたが、それでも……」

「篠田のプライドを守ってやったんだよ」

「プライド?」

「篠田はここまで命を張って囮戦隊をやって来た。ところが今回のサンディエゴでは、奴らの出番はなかった。このままでは、ただ行って帰ってきただけじゃないか。だから最後にひと花咲かせる。あいつはそう考えたんだろう」

「なるほど。それが篠田司令官のプライドですか」

「俺としても、出会っちまったらアメリカ艦隊と戦うことはやぶさかじゃないよ。しかし、正直なところ弾薬や燃料は結構きつい。戦わないで済むんなら、それはそのほうが良かったからな」

「まあ、それは言えますね」

「がまあ、まだアメリカさんのお庭の近くだ。油断は禁物だぞ」

油断を戒めるように言って、竜胆は囮戦隊に追いつくべく速力を上げさせた。

『6』

「休戦条約ですか」

首相東条英機に呼ばれた海軍の重鎮米内光政は、腕を組んだ。

「しかし、条件が飲めない。そういうことですね」

米内が窺（うかが）うように言った。

「ハル・ノートはともかく、アメリカが相当に譲歩した点は私も認めます。しかしまだ十分ではありません」

「なるほど」

「アメリカは米内さんの名前を出してきました。米内さんとなら交渉に応じようと」

「弱りましたね。今の私は海軍の重鎮なんぞと奉（たてまつ）られていますが、力などほとんど持たないくそ親父なだけですのに」

「しかしアメリカはそう思っていないし、私もくそ親父の米内さんが意外な底力を持っていると思っています」

「買いかぶりですよ、東条さん。底力なんぞまるでありません」

「では、引き受けていただけないと」

「いや、そうも言っていないんだな、これが」

「……」

「こっちにもいくつか条件がある。あんたにはちょっと飲みにくい苦い薬だ。それを飲むと言うんなら考えようじゃないか」

「苦い薬の正体をお聞きしましょう。飲めるなら飲みますよ」

「苦いぞ、本当に」

「お聞きします」

「あんたが政界から引退することだ。陸軍にとどまるのはいい。しかし陸相も辞退してもらう。それをあんたが飲めるって言うんなら、俺はアメリカとの交渉役、やってもいいぞ」

　東条は何も言わなかった。

「ほら、苦い薬だろ。まあ、すぐには飲めないだろう。そっちが時間を許す限り、俺は待つよ。それじゃ、帰る」

　米内光政は、来たときと同じように飄々と帰って行った。

「ふざけとる。東条さん。米内なんぞ使う必要はない」

隣の部屋にいたらしい参謀本部総長杉山元大将が、肩を怒らせて入ってきた。

「まったく本当のくそ親父だぞ、米内は」

「確かに苦い薬ですね……」

東条が唸るように言った。

「しかし、飲めば日本は有利な条件で休戦条約を結べます。まあ、あとひと押しでアメリカに勝てるとでも言うのなら、もうひとがんばりしてみたいとは思ってるんですが、これ以上戦争が長引くと、やはり辛い。ここは一度引いて、我が国の経済力、技術力をもう一度引き上げる必要があるかもしれません」

「まあ、休戦だし、負けたわけじゃねえからな」

「少し考えましょう」

「本気かい、東条さん」

「参謀総長。約束というのは違えるためにするとも言いますよ。そうでしょ」

「おっ、そういう考え方もあるかもしれねえなあ」

杉山が大きな腹を揺らして笑った。

「東条は飲まねえかもよ、山本くん」

電話に向かって、米内はすまなそうに言った。

「ならしかたありませんよ。薬の苦さを少し緩和しましょう。陸相ぐらいだったらこっちが飲んでもいいんじゃありませんかね」

「なるほどわかった。それとなく奴さんに伝わるようにしておこう。ところで、山本くん。東条が陸相で残るなら、君は海相をやれよ。いつまでも連合艦隊で潮に浸っていられても困るんだがなあ、俺も」

「それはちょっと無理でしょう。今度の戦いでアメリカを一番虐めたのは、私ですからね。その私が海相じゃあ、まとまるものもまとまらなくなりますよ」

「そうかなあ。アメリカだって、君が戦争をしたくなかったことは前々から知ってるはずだぞ」

「米内さん。それはやっぱり無理ですよ。それに、井上くんあたりを使うという手もあるじゃないですか」

「ああ、あれは駄目だ。学者にならなら天下一品になるだろうと折り紙をつけるが、政治家向きじゃないよ。政治ってのは、今度の君のように自分の信念とは違う道を歩かなきゃならないときもあるが、井上くんは絶対に歩かないよ。そこがもちろんいいところだけど、海相には困るよ」

「まあ、それはまたの機会ということにしませんか」

「なんだ、なんだよ、また逃げられちまったか。ああ、わかった。じゃあ、それは次にしよう」

「ああ、そうだ、米内さん。竜胆には会いましたか」

「会ったよ。君に会いたがっていたが、やはり根っからの軍人だね、あいつは。休戦条約が完全に結ばれるまでは、横須賀を動かないつもりのようだ」

「なるほど。それじゃ、早いところ休戦条約を結びましょう。あいつには少しゆっくりさせてやりたいんで。それでは切ります」

山本五十六が電話を切った。


東条英機が陸相以外の役職から降り、鈴木貫太郎内閣が発足した。

米内光政は、公の役職にはつかずいわば嘱託のような立場で、アメリカとの交渉団の一員になった。

紆余曲折が三カ月続き、その後、本交渉が一カ月。

そして奇しくも一二月に、日本とアメリカの休戦条約は締結された。

本条約は二年という制限の付いた条約で、二年ごとに見直すことが明記されていた。

その中で、アメリカが強く押し、日本が難色を示した案件に、三国同盟の破棄があった。

日本としては軍事条約的色合いを薄めることで同盟関係を続けたいと主張したが、アメリカとドイツが戦争関係にあるのに、一方では休戦でこっちでは同盟では、理論的に整合しないとアメリカは断固譲らず、日本はやむなく三国同盟を一方的に破棄した。

ある意味で、それは正解だったかもしれない。

このすぐ後に三国同盟の一員であったイタリアが無条件降伏を受け容れ、ドイツは孤立した。

結局、ヒトラーの自殺という形で〈第二次世界大戦〉は終結した。

日本は、ドイツからの亡命者を拒否しなかった。

多くのドイツ人は日本を裏切者と恨んだが、戦時中に日本を訪れ、日本人を理解したドイツ人にとって、日本は住みやすい国だったようだ。

ロケット開発の専門家フリッツ・アルベルト・トーマ博士にいたっては、日本にいたときに知り合った日本の女性を娶り、海軍超技術開発局の客員局員になったくらいである。

　トーマ博士は、後に日本におけるロケットの父としてその名を残すことになる。


『7』


「市江田教授。今晩、暇かな」

　休戦後、体調を壊して海軍を除隊した綾部中也元中尉である。

「だからぁ、その教授ってのはやめいと言っておるじゃないか」

　市江田が、飛行帽を脱ぎながら旧友に言った。

　結婚を機に陸(おか)に上ることを決めた市江田一樹大尉は、現在、横須賀航空隊航空学校の教授をしている。

　稼業の宝飾店を継いで今や若旦那と呼ばれる綾部は、暇があると航空学校に現われては市江田を酒に誘った。

　艦戦部隊時代はそれほど飲めるほうではなかった市江田だが、陸に上がった気楽さがあったのだろうか、近頃は結構いける口になっていた。

「本当かよ。来年は親父か」

「参ったよ。戦時中は絶対にガキなんて持たんと決めていたんだが、できたと言われるとそれはそれで嬉しいもんでな」

現役時代の市江田からは考えられないような初心な笑みに、綾部は不思議なものさえ感じた。

「当たり前だ。好きな人と一緒になって子供が産まれる。それが自然だろう。とにかくめでたい。さあ、飲もう」

「ところで、お前のほうはどうなんだよ、綾部。結婚する気がないわけじゃないんだろ」

「ああ。考えたことはある。商売上も妻がいたほうがいい場合もあるからな。だが、病気がたまにぶり返すんだ。原因もよくわからない病気だろ。妻の問題もあるが、子供のことを考えるとやはり二の足を踏んじまうんだ」

「まあ、お前にはそれがあるから俺も無理に勧めんのだ。妻がな、友人にいい人がいると言うときもあるんだけれど」

「すまないな。でもなあに、一人っていうのもこれはこれで気楽なものさ。さあ、飲もうぜ」

それが、市江田と綾部が飲んだ最後の日だった。

二カ月後に病は急変し、わずか三日の入院で綾部元中尉は帰らぬ人になった。

綾部の葬式には『大和』超武装艦隊の旧友が、多数集まった。

上官である竜胆啓太司令長官、仙石隆太郎参謀長、柊竜一『大和』艦長、牧原俊英航空参謀、小原忠興艦通信参謀、小西雅之艦爆部隊指揮官なども弔問にやってきた。

市江田は、話したいことがたくさんあるような気がした。

が、言葉が見つからない。

上官たちの多くは大きく首を振り、市江田の肩を叩いた。

それでいいような気がした。

この人たちとは、別に言葉なんか必要がないのだと気づいた。

旧友や上官たちの中にはまだ『大和』超武装艦隊に残っている者もいるし、予備役として海軍を離れた者もいる。

市江田は、綾部は死ぬことによって、それこそ寝食を忘れて共に命を削った仲間たちをここに集めたような気さえした。

（お前って、そんなに寂しがり屋だったかな）

市江田は、焼香をしながらそんなことを思った。

綾部の葬式から数カ月が経つ。

明日は、休戦記念日。戦争が一応の区切りをつけてから一年がたった。

記念の式典が横須賀港で催される。

『大和』も来るという。

「友も来てくれるだろう」

市江田大尉は、そう思って天空を見上げた。

友と戦った天空を。

エピローグ

子供が走ってゆく。男の子だ。

頰は赤い。息が白い。

止まった。

「おとうさん。おっきい船だねえ」

振り返って、子供が言った。

「おとうさん。この船に乗っていたんでしょ」

「ああ、そうだよ」

眼鏡をかけた父親が、子供に追いついた。

「お友だちもいっぱい、いたんだよね」

嬉しそうに、瞳がくるくると動く。

「いたさ。面白い奴、困った奴、すごい奴。いろんな奴がいたさ」

父の目が遠くを見る。

「ぼくも、この船に乗りたいなあ」

精一杯に顎を上げて、子供は船を見上げる。

「残念だけど、もう古くなって引退したんだよ。でも、すごい船だったんだぞ。世界一強いときもあったんだ」

「へえ、かっこいいねえ」

瞳が輝く。

「ああ。誰もがこの船を好きだったんだよ」

「空母っていうんでしょ」

「そうだ。この船の、ほらあそこから飛行機が飛んでゆくんだ。大空にね」

「おとうさんは、飛行機に乗らなかったの？」

「目が悪くてね。飛行機には乗れなかったんだよ」

父の目に、寂しさが浮かぶ。

「ぼくは乗れるかなあ」

「たぶん乗れると思うよ。おじいちゃんの血を引いているんだから」

「おじいちゃんも乗っていたんだよね、この船に」

「ああ、さっき言っただろ。この船が世界で一番強いときがあったって。それはね、おじいちゃんが乗っていたときなんだよ。おじいちゃんがパイロットだったときさ」

「ああ、そうなんだ」

「『天風』って言ってね、世界で初めてのジェット戦闘機さ」

「おじいちゃんって、すごいなあ」

　子供の顔が輝いている。

「お前にもおじいちゃんの血が流れてるんだから、がんばるんだぞ」

「あなた。風が少し強くなってきたわ。もう車に戻ったほうがいいかもしれないわよ」

　妻らしい女が、背後から声をかける。

「ああ、わかった。でも、でも、もう少し、もう少し見ていていいだろう」

　父の困った顔は、息子に似ている。

　この瞬間、父も子供に戻ったからかもしれない。

「もう、しかたない人ね。あと少しよ」

「おとうさん。ここ、ここに字が書いてあるよ、この船の名前？」

「ああ、そうだよ。おじいちゃんの誇り、そしておとうさんの憧れ」

「ほこり？　あこがれ？」

「まだいいよ。いつかお前にだってわかるときがくるさ。だから忘れないでくれよ。この船を、名前を……」

「読んで。読んでよ、おとうさん」

「ああ、いいとも。この船の名前はね、や、ま、と」

「や、ま、と……」

「そう、超武装空母『大和』！」

「おじいちゃんのほこり……おとうさんのあこがれ……」

「うん」

「だからねえ、だからねえ、僕好きだよ、やまと！」

子供の顔が夢見るように、弾けた。

（超武装空母「大和」　了）

コスミック文庫

超武装空母「大和」4
米本土爆撃！

2024年2月25日　初版発行

【著 者】
野島好夫

【発行者】
佐藤広野

【発 行】
株式会社コスミック出版
〒154-0002 東京都世田谷区下馬 6-15-4
代表　TEL.03(5432)7081
営業　TEL.03(5432)7084
FAX.03(5432)7088
編集　TEL.03(5432)7086
FAX.03(5432)7090

【ホームページ】
https://www.cosmicpub.com/

【振替口座】
00110-8-611382

【印刷／製本】
中央精版印刷株式会社

乱丁・落丁本は、小社へ直接お送り下さい。郵送料小社負担にてお取り替え致します。定価はカバーに表示してあります。

ISBN978-4-7747-6540-2 C0193

長編戦記シミュレーション・ノベル

世界、真っ二つ――!
自由連合VSナチス

世界最終大戦 全3巻　**羅門祐人** 著

定価●本体1,020円+税

世界最終大戦
2 ナチスへの逆襲!
羅門祐人
ナチス、北海道上陸!
大日本帝国海軍、迎撃へ
最強戦艦、全門斉射せよ!!

定価●本体1,020円+税

世界最終大戦
3 全世界同時大戦
羅門祐人
48センチ砲戦艦VS
航空攻撃機580
ついに勝敗決す!

定価●本体1,090円+税

絶賛発売中!

お問い合わせはコスミック出版販売部へ!
TEL 03(5432)7084